Gudrun Pausewang
Hörst du den Fluss, Elin?

Gudrun Pausewang
Hörst du den Fluss, Elin?

Nagel & Kimche

1

Ach damals, damals, vor knapp zwei Jahren – wie war da alles noch so anders, so wie immer, so in Ordnung! Ich muss oft daran denken, und manchmal wundert's mich, dass sich etwas so schnell ändern kann, so von heute auf morgen.
Ich hab mir in den Osterferien vor einem Jahr auf unserem Dachboden eine kuschelige Bude eingerichtet, weil ich mein Zimmer wohl nie zurückbekomme, so, wie's aussieht. Der Mensch braucht eben nun mal einen Raum, in den er sich verkriechen kann, wenn er allein sein will. Und wenn's nur ein Räumchen ist. Ein Räumchen, das er so einrichten und ausschmücken kann, wie er will. Wo ihm niemand hineinredet.
Natürlich kann ich nicht im Winter hier oben sein, weil wir auf dem Dachboden keine Heizung haben. Da schlafe ich, wie schon im vorigen Jahr, bei Mario im Zimmer.
Mario, das ist mein Bruder, ein Jahr älter als ich. Als es – etwa vor einem Jahr – klar wurde, dass ich die Hoffnung auf mein Zimmer begraben kann, hat er sich angeboten, mir sein Zimmer zu überlassen und selber auf den Dachboden zu zie-

hen. Auch Vati und Mutti wollten das. Aber da hatte ich mich in die Bude hier oben schon so verliebt, dass ich nicht mehr auf sie verzichten wollte.

Vati hat mir eine große Ecke mit einer Bretterwand vom übrigen Bodenraum abgetrennt, dort, wo das kleine Dachfenster ist. Ich hab's also auch tagsüber hell und kann den Himmel sehen. Und für den Abend und die Nacht hat mir Vati eine elektrische Leitung hineingelegt. Ich hab eine Lampe an der Decke und kann, wenn ich will, auch ein Bettlämpchen anknipsen.

Obwohl ich hier oben gar kein Bett habe. Nur eine Matratze. Aber das macht mir nichts aus. Dadurch ist meine Bude eher noch gemütlicher. Mit den Postern an den Wänden! Und all den Fotos! Einfach über der Matratze an die Dachverkleidung gepinnt! Eine richtige Tür hab ich zwar nicht, nur einen schweren geblümten Vorhang vor dem Eingangsloch, Omi Lottes alte Plüschdecke, die sie tagsüber immer über ihr Bett gebreitet hatte. Aber hier auf dem Dachboden ist ja sonst niemand, da schadet es nichts, wenn Geräusche aus meiner Bude hinausdringen. Und es ist auch niemand da, wegen dem ich meine Tür verschlossen halten müsste.

Wenn mich Momo besucht, sagt sie oft: «Wie ich dich um deine Bude beneide, Elin!» Und

Angela ist inzwischen sowieso fast mehr hier bei uns als daheim.
Aber im Winter bin ich eben leider so eine Art Untermieter oder Schlafgast in Marios Zimmer. Der Winter ist eine echte Durststrecke für mich. Wenn ich im Dezember, Januar oder Februar mal nachdenken möchte, verzieh ich mich doch hier rauf, auch bei vier Grad minus. Ich packe mich warm ein und krieche in meinen alten Schlafsack. Kaum lieg ich dann auf meiner Matratze und seh über mir das Viereck Himmel, dann quellen mir die Gedanken aus dem Kopf, wie im Fernsehen der weiße Nebel von den Bühnen quillt, wenn Bands auftreten. Dann denke ich tausend Gedanken, träume und mache Pläne, versetze mich in die Zukunft oder erinnere mich an früher.
Ja, ich muss oft an die Zeit denken, als bei uns noch alles wie gewohnt ablief, an die Zeit, von der ich glaubte, dass sie immer so weitergehen würde.
Bei manchen geht sie auch wirklich immer so weiter, wie zum Beispiel bei Natalie oder Momo: Papis und Mamis Arbeitsplatz ist sicher, Geld ist kein Thema, nur soviel ändert sich, dass man ab und zu neue Schuhe braucht, weil die alten zu drücken beginnen. Man kommt jedes Jahr in die nächsthöhere Klasse, und die Zeit, in der man

endlich den Führerschein machen darf, rückt langsam, langsam näher. Das ist alles.
Jetzt werde ich bald zwölf Jahre alt. Als ich meinen zehnten Geburtstag feierte, war auch bei uns noch alles wie immer. Mutti nennt das «unsere gute alte Zeit». Aber schon einen Tag danach war die gute alte Zeit zu Ende. Futsch. Weggedampft.
Das haben wir gar nicht so schnell gemerkt. Erst Wochen später wurde uns richtig klar, dass da etwas passiert war, was alles veränderte.
Ich hab Anfang Juni Geburtstag. Damals war's ein Donnerstag, aber wir feierten erst am darauf folgenden Sonntag, weil Vati werktags nicht konnte, und er gehörte doch unbedingt dazu. Ein Geburtstag ohne Vati? Unmöglich! Er war ja der netteste Mensch der Welt!
Ich finde ihn auch jetzt noch wahnsinnig nett, allerdings steht er für mich nicht mehr auf dem allerhöchsten, sondern dem zweithöchsten Treppchen. Aber das ist ja nicht viel Unterschied, bei der großen Zahl von Männern, die es auf der Welt gibt!
Damals konnte ich mir nur vorstellen, später mal einen Mann zu heiraten, der ihm ganz, ganz ähnlich sieht: Mein zukünftiger Freund sollte also rötliches Haar und Sommersprossen und so wunderbar weiche, ganz zart rosa schimmernde,

flaumige Ohren haben. Und so hellblaue Augen. Und die Arme und Beine so hellblond behaart. Und immer so schön rasiert sein.
Allerdings hatte ich ihn mir ein bisschen schlanker als Vati gewünscht. Der hatte in den letzten Jahren einen kleinen Bauch angesetzt, weil er ja Buchhalter und nicht etwa Berufsboxer oder Maurer war. Von morgens bis zum Spätnachmittag saß er bei MÖBEL-KEUTZ hinterm Schreibtisch, tippte auf dem Computer oder Rechner, verglich Zahlen oder blätterte in den Akten. Davon wird man nicht schlank.
Und so ähnlich wie Vati sollte mein späterer Freund auch lachen: leise, verschmitzt, ein bisschen verlegen, mit vielen Lachfältchen in den Augenwinkeln. Und ein Auge so zukneifen können wie Vati.
Nein, Vati macht sich nicht wichtig, drängt sich nicht auf. Das ist das Beste an ihm. Er gehört nicht zu der Sorte von Vätern, die ständig in den Kinderzimmern aufkreuzen und maßlos neugierig sind und zu allem, was man vorhat, immer gefragt sein wollen. Vati hat immer gewartet, bis ich oder Mario etwas von ihm wollten oder ihn brauchten. Weil er so ist, wollten wir oft was von ihm und brauchten ihn gern.
Das klingt jetzt so, als ob er ohne Fehler wäre. Nein, das ist er wirklich nicht. Zum Beispiel

schnarcht er ganz laut. Ich weiß nicht, wie Mutti das aushält, die ganze Nacht. Das Geschnarche ist bis herauf auf den Dachboden zu hören, obwohl die Decke gut isoliert ist! Aber Mutti sagte mal, sie stelle sich vor, das sei die Brandung, die so rauscht. Dann lasse es sich ertragen.
Manchmal geht mir auch seine Pingeligkeit auf die Nerven. Wenn wir uns von ihm einen Schraubenzieher ausleihen, forscht er argwöhnisch nach, ob wir ihn gleich nach Gebrauch an seinen Platz zurückgebracht haben. Haben wir das nicht, weicht er uns nicht von den Fersen, bis er ihn dort weiß, wo er hingehört. Unordnung macht ihn krank. In unseren Buden lässt er uns ja schalten und walten. Aber wehe, wir bringen die heilige Ordnung auf seinem Schreibtisch oder in der Hobbywerkstatt durcheinander! Da kann er wirklich kleinlich sein. Er kriegt es sogar fertig, Mutti wegen ihrem Küchenchaos anzuschnauzen! Aber da bekommt er was zu hören ...
Und noch was: Vati ist sehr sparsam. Bei jeder Ausgabe, die höher ist als zwanzig Mark, überlegt er erst eine Weile, bis er sich für oder gegen sie entschließt. Zum Beispiel gab's jedesmal wilde Kämpfe, wenn wir bestimmte Markenturnschuhe haben wollten, Mario und ich. Er war der Meinung, andere tun's doch auch, wenn sie

die gleiche Qualität haben. Man habe doch nicht die Marke unter dem Fuß, sondern die Sohle. *Die* müsse stimmen!

Mutti hat ihn schon öfters «Geizkragen» genannt, wenn sie wütend war. Danach hat sie sich aber bei ihm entschuldigt. Denn «Geizkragen» ist übertrieben.

Vielleicht ist er so geworden, weil er und Mutti, als wir noch in der Hegelstraße wohnten, zäh gespart haben, um zu einem eigenen Haus zu kommen. Das haben sie dann auch geschafft: Wir wohnen jetzt in einem Eigenheim mit Garage, Wohnzimmer, Küche, Gästeklo und Terrasse im Parterre, einem Elternschlafzimmer, zwei Kinderzimmern und einem Bad im oberen Stockwerk. Darüber ist noch der Dachboden, und im Keller hat Vati seine Hobbywerkstatt neben dem Vorratsraum.

Das Schönste aber ist der Garten, wo wir machen können, was wir wollen, der Garten mit dem Fußballtor, der Schaukel und dem Baumhaus, das Vati gebaut hat, dem Zelt im Sommer und der Sitzecke unter der Trauerweide, dem Wasserbecken und dem Rasen.

Hier können wir laut sein. Wenn wir Ball spielen wollen, brauchen wir nicht erst auf den nächsten Spielplatz zu laufen. Wenn wir auf Bäume klettern wollen, brauchen wir nicht erst

zum nächsten Wald zu radeln. Und Frau Lerker, unsere linke Nachbarin, mag Kinder, und Frau Zoppenstedt, die rechte Nachbarin, wohnt nicht so dicht an uns dran, dass wir sie stören könnten.
Es hat sich schon gelohnt, Vatis eisernes Sparen. Und Muttis Mitsparen. Hier fühlen wir uns richtig wohl.
Übrigens, was Vatis Fehler angeht: Es gibt Schlimmeres. Jedenfalls hat er viel mehr gute als weniger gute Seiten. Meine Meinung: Mutti hat Glück gehabt, als sie ihn fand. Wenn sie sich nicht mit ihm zusammengetan hätte, wäre ich jetzt die Tochter von einem anderen Vater. Nicht auszudenken!

Eben war Mutti bei mir hier oben. Sie schaut immer ganz bedripst, wenn sie in meine Bude kommt. Die ganze Familie scheint ein schlechtes Gewissen zu haben, dass ich hier oben hause, beim Gerümpel. Ich hab ihr zum tausendsten Mal gesagt: «Was habt ihr bloß? Mir gefällt's!»
Heute ist Montag. Montags ist in Muttis und Vatis Terminkalender nicht viel eingetragen. Der flaueste Tag in der Woche. Da erledigt Vati meistens Schreibkram, also Steuererklärungen und Korrespondenz mit den Kunden und die Buchhaltung und Rechnungen und Mahnungen: den

ganzen «Wust von Scheußlichkeiten», wie Mutti das nennt. Mutti benutzt diesen Tag, an dem sie etwas weniger zu tun hat, um sich auf die nächsten Termine vorzubereiten.
Deshalb war sie ja hier oben. Sie brauchte nämlich einen Kehrreim für ein Lied zum Geburtstag eines Achtjährigen. Die Strophen hatte sie schon, nur den Kehrreim noch nicht. Der Name «Frank» musste darin vorkommen.
Kein Wunder, dass sie sich damit manchmal an mich wendet. Ich bin nämlich gut im Reimen und habe meistens eine Idee. Mir fiel auch gleich ein:
*«Schaut, da sitzt er auf der Bank,
unser bestes Stück, der Frank!»*
Zu diesem Zweizeiler kamen Mutti Bedenken. «Und wenn er nun auf keiner Bank, sondern auf einem Stuhl, einer Couch oder auf dem Boden sitzt? Kinder nehmen alles so wörtlich!»
Ich ließ mir was anderes einfallen, während sich Mutti auf der Matratze ausstreckte, schnupperte und sagte: «Sogar hier oben riecht's nach Mai!»
Kein Wunder. Ich hab ja Tag und Nacht, wenn's nicht regnet, das Fenster auf.
«Der Garten dünstet herauf», sagte Mutti. «Das Herz geht einem auf.»
Ich musste lachen. «Du bist ja schon total verreimt!», rief ich.

«Du meinst: verschleimt», sagte Mutti und räusperte sich. «Wer weiß, ob ich morgen singen kann.»
«Wie findste das?», fragte ich, setzte mein Schulchor-Gesicht auf und trug träumerisch vor:
*«Lasst uns singen stundenlang
heut von unserm Super-Frank!»*
«Schon besser», meinte Mutti. «Haste vielleicht noch was mit etwas mehr Pep auf Lager?»
«Aber bitteschön», sagte ich:
*«Pfui – wer macht denn so'n Gestank?
Dort der Frank! Dort der Frank!»*
Mutti lachte, dass der Dachstuhl zitterte. Ich erfand noch ein paar Frank-Kombinationen mit *schlank, Schrank* und *Gezank*, und dann fiel mir ein:
*Gott sei Dank, Gott sei Dank,
Gott sei Dank gibt's den Frank.*
Diesen Zweizeiler fand sie am schönsten. Sie bedankte sich, verschwand und ließ einen Schoko-Riegel zurück, der sicher von einer der letzten Partys stammt.
«Kreativ-Atmosphäre hier oben!», rief sie mir noch zu, als sie schon halb auf der Treppe war.

Ich finde, auch Vati hat Glück gehabt, dass er Mutti gefunden hat – weil sie so gut zusammenpassen, obwohl sie für Italien schwärmt und er

für Norwegen. (Vati hat für mich den Vornamen ausgesucht, Mutti für Mario!)
Sie hat nämlich auch rotes Haar und Sommersprossen.
«Das war der Anstoß dafür, dass ich mich für ihn zu interessieren begann», hat sie mal gesagt.
Damit ist aber auch schon Schluss mit den äußeren Ähnlichkeiten. Denn Mutti ist einen Kopf kleiner als er und wiegt sicher nur die Hälfte von ihm. Sie treibt viel Sport, jetzt noch mehr als damals, als sie Krankengymnastin in der Kurklinik war. Die musste schließen, weil längst nicht mehr so vielen Patienten wie früher Kuren verschrieben werden.
Mutti schnarcht nicht. Dafür hat sie eine irre Lache. Wenn sie lacht, ist es, als ob ein Stöpsel aus ihr rausfliegt!
Vati hat mal gesagt, ihr Mund sei nur von dieser Lache so groß geworden, wie er jetzt ist.
Der große Mund stört mich nicht. Was ich weniger schön finde, sind ihre Augenbrauen, die über der Nase fast zusammengewachsen sind.
Dagegen mag ich ihre Riesenmähne: rotblondes Gekräusel, dicht und aufgebauscht, das wie ein Springbrunnen auf den Seiten und hinten von ihrem Kopf runterwuschelt. Und mitten drin ihr kleines rundes Gesicht mit dem großen Mund.
Mutti ist streng. Sie lässt mir und Mario nichts

durchgehen. Aber bei ihr weiß man, woran man ist: versprochen ist versprochen. Und man kann genau hören, wo sie sich gerade aufhält. Dort ist es laut. Denn sie singt gern und schimpft gern und klönt gern, und wenn sie in der Küche arbeitet, dann klimpert und klirrt, scheppert und klappert es rund um sie. In jede Party bringt sie Stimmung. Ich hab ihr manchmal zugeschaut, wie sie in der Kurklinik eine ganze Turnhalle voller Oldies beim Aerobic auf Touren gebracht hat, mit Gejuchz und Geklatsch.

Der siebte Geburtstag war mein erster gewesen, den wir hier in unserem Garten gefeiert hatten. Mutti und Vati waren sehr stolz auf ihr «Eigenes». Natürlich war ihnen schon vor dem Hausbau klar gewesen, dass sie ab dem Einzug noch fünfzehn Jahre lang Schulden an eine Bank abbezahlen mussten. Aber Vati hatte alles genau berechnet.
«Ich habe die monatlichen Abzahlungsraten so bemessen», hab ich ihn mal zu Omi Lotte sagen hören, «dass ich sie notfalls auch allein schaffen könnte, wenn Doris (Mutti) – was unwahrscheinlich ist – mal arbeitslos werden sollte.»
Aber das wurde sie. Ein halbes Jahr vor meinem zehnten Geburtstag.
Das war keine Katastrophe, nur ein kleiner

Knacks im Gewohnten. Es änderte sich kaum was, außer dass Mutti jetzt mehr daheim war. Dagegen hatten wir gar nichts. Im Gegenteil. Es war ein so schönes Gefühl, wenn ich aus der Schule heimkam und Mutti mir die Tür öffnete.
Und Vati? Der hatte eine gut bezahlte Stellung, die sicher war.
Wenn ich genauer nachdenke, muss ich allerdings zugeben, dass sich mit dem Beginn von Muttis Arbeitslosigkeit doch allerlei veränderte: Vati machte mittwochs Überstunden, Sonntags-auswärts-essen gab's nicht mehr, Frau Bröhl kam nicht mehr putzen, die geplante gemeinsame Italienreise wurde gestrichen, und Mario bekam zum Geburtstag nicht den Drucker.
Was machte das schon aus? Mutti putzte nun selber und kochte auch sonntags, und Urlaub daheim war auch schön – mit *so* einem Garten! Und den Drucker würde Mario zu Weihnachten bekommen.
Vor allem die Schaukel mag ich. Manchmal, im Sommer, schleiche ich mich schon ganz früh hinunter, setze mich auf das Schaukelbrett und gebe mir Schwung.
Ich mach die Augen zu und träume und schwinge höher und höher und stell mir vor, ich fliege quer über den Garten, die Stadt, den ganzen Himmel.

Natürlich hat Mutti sofort wieder nach einem neuen Arbeitsplatz gesucht, als sie den alten losgeworden war. Sie war gern daheim, aber nur daheim sein ist auch nicht das Wahre, hat sie mal gesagt.
Sie merkte bald, dass es sehr viele arbeitslose Krankengymnastinnen und Krankengymnasten gab. Und längst nicht so viele freie Stellen. In Hamburg hätte sie was kriegen können, aber das ist vierhundert Kilometer entfernt! Mutti konnte doch nicht dort wohnen und wir anderen hier!
Da hat sie dann die Pflege einer alten Dame übernommen, drei bis vier Stunden pro Tag. Aber nach zwei Monaten kam Frau Link ins Krankenhaus, dann in ein Pflegeheim, weil sie rund um die Uhr gepflegt werden musste. Dort starb sie nach ein paar Tagen.
Mutti hat nicht geweint, obwohl sie Frau Link sehr gemocht hat. Ich hab Mutti überhaupt noch nie aus Traurigkeit weinen sehen, nicht einmal, als Omi Lotte starb, die doch ihre Mutter war. Mutti sagt, sie glaube, sie habe keine Tränendrüsen. Aber das kann nicht stimmen, denn beim Zwiebelschneiden tröpfelt's ihr aus den Augen.

2

Was hab ich mich damals auf meinen Geburtstag gefreut! Der zehnte Geburtstag, das ist ja der erste runde. Da ist man kein Baby mehr, da hat man die Grundschule bald hinter sich!
Ich hatte sechs Kinder aus meiner Klasse – fünf Mädchen und einen Jungen – und zwei Nachbarsjungen eingeladen. In unserer nächsten Nachbarschaft gibt's, abgesehen von zwei Babys, nämlich nur Jungen! Zusammen waren wir also zehn. Zum Glück war unser Cousin Boris krank und konnte nicht dabei sein. Er war fast noch ein Baby, wollte immer alles haben und schrie fürchterlich, wenn er es nicht bekam. Eine echte Nervensäge!
Es war richtiges Sommergeburtstagswetter. Schon am Morgen ließ sich kein Wölkchen sehen, eine kleine Brise machte, dass es nicht zu heiß wurde, und zum Mittag hin wurde der Himmel immer blauer, bis man die Augen zukneifen musste, wenn man mit zurückgelegtem Kopf senkrecht hinaufschaute.
Keines der eingeladenen Kinder hatte abgesagt!

Ich war ganz zappelig vor Glück. Ich zappelte hinter Mutti und Vati her, als sie den langen Klapptisch aus der Hobbywerkstatt in den Garten hinaustrugen, unter die Bäume, die schon hier standen, als Vati und Mutti von ihrem Eigenheim noch nicht einmal geträumt hatten!
Da ist die Trauerweide mit dem Baumhaus. Da sind die beiden kanadischen Pappeln, die wir Elin-Pappel und Mario-Pappel genannt haben. Auf die klettern wir oft, Mario auf seine, ich auf meine, und lassen uns ziemlich weit oben sanft hin- und herwiegen. Und da ist noch die Rotbuche, auf die wir nicht klettern dürfen, weil es zu gefährlich wäre. Dafür ist sie aber der schönste Baum in unserem Garten, der von allen Besuchern bewundert wird. Vor allem im Herbst!
Mutti baute ein tolles kaltes Büffet auf mit dreierlei Getränken. Beim Mixen hatte ich geholfen. Gemeinsam hatten wir für das Gesöff phantasievolle Namen ausgedacht: «Piratenblut», «Lavafeuer» und «Krokodilstränen». Ich war danach ganz rot bekleckert, und Mutti musste energisch werden, weil Mario so oft abschmeckte, dass die Saftmenge sehr schnell abnahm.
Gegen zwei wurde es von der Straße her laut: Erst kam Manni, zwei Jahre jünger als ich. Er gehört zu den Kupschs von gegenüber. Der hatte schon die ganze Zeit über den Gartenzaun herü-

bergestarrt. Dann kamen kurz nacheinander Angela, meine beste Freundin, die in der Klasse neben mir sitzt, und Ismail, Marios Freund, ein Jahr älter als er und deshalb schon eine Klasse weiter. Ismail war fast jeden Tag bei Mario oder Mario bei ihm. Die Sentürks wohnen drei Häuser weiter im Dachgeschoss des Mehrfamilienhauses. Ismail hat noch drei Geschwister. Sein Vater ist Lehrer an einer Sprachschule. Manchmal übersetzt er auch auf dem Gericht. Damals konnte ich Ismail nicht leiden. Er tat so, als sei ich gar nicht da. Wenn er sich mit Mario unterhielt, und ich sagte auch mal was, stellte er sich taub. Ich wollte ihn gar nicht einladen, aber da protestierte Mario und sagte: «Wenn Ismail nicht kommen darf, will ich auch nicht dabei sein!»

Ein Geburtstag ohne Mario, das ging nicht. Er gehört doch zu unserer Familie, und meistens vertragen wir uns auch gut. Also hab ich Ismail eben einladen müssen, aus Erpressungsgründen. Und er schüttelte mir tatsächlich die Hand, hielt mir ein Körbchen mit Kiwis, Feigen und Orangen hin und murmelte, ohne mich anzusehen: «Herzlichen Glückwunsch zum Geburtstag.»

Wenn ich gewusst hätte –! Aber damals hatte er noch Stoppelhaar. Die Locken trug er erst später.

Ja, und dann kam der ganze übrige Haufen auf einmal: Die Zwillinge Laura und Sascha, Christine, Natalie – und Momo. Alle aus meiner Klasse. Außer Angela mochte ich Momo am meisten. Sie heißt eigentlich Annegret und stammt aus Äthiopien. Sie hat mir mal gesagt, wie sie dort hieß. Aber das war ein so merkwürdiger Name, dass ich ihn mir nicht merken konnte. Momo ist nur ihr Spitzname, weil sie so braun ist und ganz wilde, krause schwarze Haare hat. Sie ist ein Adoptivkind von den Konrads, die noch zwei andere Adoptivkinder und ein eigenes haben.

Erst mal tobten wir im Garten herum, kletterten ins Baumhaus, krochen ins Zelt, und Manni machte es sich im Wasserbecken gemütlich, weil es ziemlich warm geworden war. Das Becken ist ja nicht viel größer und tiefer als eine Badewanne. Vati und Mutti hielten sich im Hintergrund und passten nur auf, dass nichts passierte. Mutti fischte eine Wespe aus dem Piratenblut, und Vati sorgte dafür, dass die Wasserflöhe rund um Manni keinen Herzschlag bekamen.

Als wir das halbe Büffet leer geräumt hatten und erschöpft irgendwo im Schatten hinsanken, schleppten Mutti und Vati einen Wäschekorb voll komischer Kleider, Hüte und Schuhe aus dem Haus und stellten ihn mitten auf den Rasen. Sogar für mich war das eine Überraschung. Mutti hatte mir nichts davon verraten, dass sie heimlich bei Frau Lerker und Frau Zoppenstedt, bei Frau Kupsch und Tante Ute, bei ehemaligen Patientinnen, mit denen sie noch Kontakt hatte, ja sogar bei der Verkäuferin in der Wurstabteilung unseres Supermarkts nach altmodischen und komischen Klamotten, Schuhen und Hüten aus der Mottenkiste gefragt hatte. Da war allerlei witziges Zeug zusammengekommen. Auch Sachen, die noch von Omi Lotte stammten, waren darunter, zum Beispiel mindestens ein halbes Dutzend Hüte, an die ich mich noch gut erinnern konnte.

Ich entdeckte Omi Lottes alten Morgenrock im China-Look mit einem maschinengestickten Drachen auf dem Rücken. Laura schnappte ihn mir vor der Nase weg. Dabei fiel ihr der riesige Strohhut vom Kopf und rollte quer über den Rasen.

«Das war mal meiner!», schrillte Frau Lerker, die interessiert von ihrem Balkon aus zusah, zu uns herunter.

Angela trug ein Robin-Hood-Hütchen, Mario, der in Stöckelschuhen stelzte, eine elegante Kappe mit Gesichtsschleier. Und sogar Vati hatte was auf dem Kopf: einen Gärtner-Strohhut, mit einer Möhre garniert. Mit flatternden Ärmeln segelte Manni in Vatis abgelegter Schlafanzugjacke herum, unter Saschas Kinn hing ein alter Schlabber-

latz, Natalie und Christine trugen plötzlich Brillen, Momo hatte sich aus dem Wäschekorb einen Arm voll Rüschengardinen gegrapscht und wickelte sich hinein, und Ismail hing sich einen riesigen BH von Omi Lotte um und steckte zwei Äpfel hinein, die er sich aus der Früchteschüssel vom Büffet-Tisch geschnappt hatte.
Ich muss jetzt noch lachen, wenn ich nur daran denke!
Ich weiß nicht mehr, wie's dazu kam – wahrscheinlich steckte Mutti dahinter – auf einmal hatten wir lauter Krachmach-Zeug in den Händen: Topfdeckel, alte Fahrradklingeln, eine Kuhglocke, ein Schellenband, ein Tamburin, mit Schotter gefüllte Dosen, die rasselten, wenn man sie schüttelte.
Natürlich holten wir aus den Sachen so viel Lärm heraus, wie wir konnten. Frau Zoppenstedt lächelte milde herüber und winkte, und ein paar Passanten blieben am Gartenzaun stehen und gafften.
Totales Geräusch-Chaos. Aber Mutti schaffte es, Ordnung hineinzubringen. Sie holte ihre Gitarre, stimmte die Vogelhochzeit an und sang aus voller Brust:
«Oh Natalie, oh Natalie –
ein schönres Mädchen sah ich nie!»
und:

*«Nimm dich in Acht, Christine:
Auf dir sitzt eine Biene!»*
und:
*«Oh Schreck und Graus: Den Isma-il
fraß heut ein großes Krokodil!»*
Wir hielten uns die Bäuche vor Lachen, aber Ismail grinste nur müde. Ihm war das zu kindisch. Er war ja zwei Jahre älter als wir, also etwa so alt wie ich jetzt. Deshalb dichtete Mutti gleich noch eine zweite Strophe für ihn:
*«Der dort, der nicht mehr Kind sein will,
das ist der hübsche Isma-il!»*
Kürzlich hab ich ihm diese Strophe wieder mal vorgesungen. Aber er behauptete, es hätte «der schlaue Ismail» geheißen. Es passt beides, seit er keine Stoppeln mehr trägt. Diese Augen –! Und er ist der reinste Computerfachmann. Sogar Vati hat sich schon mal bei ihm Rat geholt.
Jeder bekam eine Strophe von Mutti, auch Vati:
*«Der Herr Joachim Müller,
der ist der größte Knüller!»*
Wir schauten alle auf Vati und hatten unseren Spaß. Beim Widirallala machten wir mit unseren Deckeln und Klingeln und Schotterdosen den Rhythmus, und Vati kniff in Richtung Mutti das eine Auge zu.
Das Schönste von allem war Vatis Kasperletheater. Sascha grummelte zwar irgendwas von Programm

für Pamper-Babys. Aber wer schon bei früheren Geburtstagen von Mario und mir dabei gewesen war, wusste, dass das, was Vati gleich präsentieren würde, mit dem üblichen Kasperletheater wenig zu tun hatte.
Und wirklich: Sascha war bald still, als es losging. Vati hatte den Büffet-Tisch halb abgeräumt und die Theater-Klappwand darauf aufgebaut. Dann setzte er sich so tief dahinter, dass man ihn nicht sehen konnte, und fing an. Mutti kauerte daneben und half ihm. Nicht der Kasper erschien, sondern ein Außerirdischer – eigentlich war es Seppel, den Mutti vorher als Marsmännchen verkleidet hatte. Er war gerade von einem fremden Planeten zurückgekehrt und berichtete nun seinem Unter-Boss von seinen Reise-Eindrücken. Vati sprach mit zwei ganz verschiedenen Stimmen, und den Unter-Boss ließ er einen dummen und aufgeblasenen Wichtigtuer sein, der alles besser wusste, obwohl er nie selber einen fremden Planeten kennengelernt hatte. Bald wurde es sehr spannend: Der Grüne hatte offenbar die Erde besucht und erzählte nun von seinen Erlebnissen mit den Erdlingen. Er war, natürlich unsichtbar, in einen Garten geraten, den wir sofort als den erkannten, in dem wir gerade saßen. Denn er berichtete von einem Rudel noch nicht ganz ausgewachsener Erdlinge, die

rote Flüssigkeiten in sich hineingossen und unter einer großen Hängepflanze laute Geräusche erzeugten. Merkwürdige Wesen seien das. Entsetzlich hässlich! Nicht grün, sondern die meisten hellrosa! Und alle mit einem steifen Fleischlappen rechts und links am Kopf! Und einem schlappen Fleischlappen im Essloch, der immerzu hin- und herzappelte!
Wir schrien vor Vergnügen. Nur Manni kriegte nicht gleich mit, warum wir so lachten. Er ist ja so viel jünger als wir. Außerdem dauert bei ihm sowieso alles ein bisschen länger. Mario hat mal gesagt, wir sollten Manni jetzt viele Witze erzählen, damit er im Alter was zu lachen hat.
Vati landete einen besonderen Gag: Er ließ den grünen Typ nun berichten, besonders abstoßend sei ein dicker Alter gewesen, der sich grunzend hinter einer Wand versteckt habe. Mit roten Borsten auf dem Kopf!
An dieser Stelle platzte Mutti los.
Der Unter-Boss – es war der Räuber, dem Vati einen grünen Luftballon über den Kopf gezogen hatte – schickte nun den Berichterstatter zum Ober-Boss, dem Zauberer, dessen Kopf in einem grünen Fingerhandschuh steckte. Er sah wie ein Krake aus und sprach mit einer hohen, schrillen Stimme, die wir Vati nie zugetraut hätten. Einer Stimme, die wie Frau Lerkers Stimme klang. Es

gab niemanden unter meinen Gästen, der Frau Lerkers Stimme nicht kannte. Man hört sie über vier, fünf Gärten weg!
Nachdem sich der außerirdische Heimkehrer vielmals verbeugt hatte, begann er wieder zu berichten, diesmal von dem absonderlichen Brauch der Erdlinge, aus unbekannten Gründen in unregelmäßigen Zeitabständen in einen kleinen, abgesonderten Raum zu schlüpfen. Allein, immer allein, nie in Gesellschaft! Dort drin geschehe streng Geheimes, vielleicht Verbotenes. Aus dem Raum dringe Geraschel, auch leises Gestöhn, aber kurz bevor ihn der Erdling wieder verlasse, brause es darin auf und gurgle und plätschere, als stürze in dem Kämmerchen ein Wasserfall herab!
«Das hört sich so an», schrillte der Krake, «als ob die Erdlinge einen Angriff gegen uns probten –!»
Ja, so spielt Vati Kasperletheater. Da erkennt man ihn gar nicht wieder. Da ist er nicht so still und trocken und unauffällig wie gewöhnlich, sondern so, als wäre er ein ganz anderer. Alle meine Freundinnen und Freunde beneiden Mario und mich um diesen Vater. Sie wissen natürlich nichts von seiner Pingeligkeit und Knauserei, und schon gar nichts von seinem Geschnarche. Das geht nur die Familienmitglieder etwas an, sonst niemanden.

Als die Gäste dann gegangen waren, saßen wir noch eine Weile zusammen unter der Trauerweide, redeten nicht viel – sogar Mutti war leise –, ließen uns von der Abendsonne bescheinen, waren satt, müde, bekleckert von Mayonnaise und Piratenblut – und so zufrieden, wie's zufriedener kaum geht. Mutti lehnte sich von der einen Seite an Vati, ich lehnte mich von der anderen Seite an ihn, Mario lehnte an seinem Bauch. Vati lehnte sich an den Weidenstamm und stützte sein Kinn in Muttis rote Mähne.
«Eigentlich geht's uns doch verdammt gut», schnurrte Mutti und kuschelte sich an Vati. «Ach Jochen, ich hätte Lust, in alle Richtungen ‹danke!› zu schreien ...»
«Tu dir keinen Zwang an», meinte Vati.
Vielleicht hätte sie tatsächlich in alle Richtungen «danke!» geschrien, wenn nicht ein Passant über den Zaun neugierig, mit ausgefahrenen Lauschern, zu uns herübergeschaut hätte. Sicher hat er sich über allerlei gewundert. Zum Beispiel über Marios schwarzen Schopf neben den drei roten.
«Weiß der Himmel, welcher Urururgroßvater ihm die schwarzen Haare vererbt hat», hat Mutti mal gesagt. «Wahrscheinlich war's ein Seeräuber.»
«Oder dessen Frau», hat Vati gemeint.

Dann schauten wir der Sonne zu, wie sie langsam unterging und den ganzen Himmel mit flammenden Streifen bedeckte. Als es kühl wurde, räumten wir alles gemeinsam ins Haus und gingen zu Bett.
Schon im Halbschlaf hörte ich ganz in der Ferne die Brandung rauschen.

3 Vati hatte es nicht weit bis zu MÖBEL-KEUTZ, deshalb ging er zu Fuß zur Arbeit. So konnte Mutti den VW-Bus nehmen, wenn sie ihn brauchte, zum Beispiel, wenn sie einkaufen wollte.
Am Montag, also am Tag nach meiner Geburtstagsfeier, kam Vati von der Arbeit heim wie immer. Fast benahm er sich auch so wie immer. Einem, der ihn nicht gut kennt, wäre nichts aufgefallen.
Mir aber war sofort klar, dass da etwas nicht stimmte. Ich saß gerade im Garten und schaukelte. Sonst schaute er immer über den Zaun, noch bevor er das Gartentor erreichte, und kniff

das eine Auge zu. An diesem Tag schaute er nicht.
Als ich ihn rief, hob er den Kopf, lächelte aber nur mühsam und verschwand gleich im Haus. Ich dachte: Vielleicht hat er was Wichtiges vor? Denn sonst war er immer zu mir gekommen, wenn er mich im Garten gesehen hatte. Er klönte dann eine kleine Weile mit mir, bevor er hinein ging.
Aber es hatte nicht danach ausgesehen, als ob er es eilig gehabt hätte.
Ich schaukelte noch ein paar Mal hin und her und machte mir Gedanken. Dann hüpfte ich von der Schaukel und ging ins Haus. Ich hörte Vati und Mutti in der Küche reden. Aber als ich die Küchentür aufmachte, verstummten sie.
«Hallo, Vati», sagte ich.
«Hallo, Elin», antwortete er.
Ich hatte eigentlich irgendeine Art von Erklärung erwartet, warum er nicht, so wie sonst, erst mal zu mir gekommen war. Aber er sah mich gar nicht an, und ich merkte, dass seine Gedanken ganz woanders waren. Mutti beugte sich über den Geschirrspüler und räumte ihn mit einem geradezu wütenden Eifer aus. Es klirrte und klimperte.
«Was ist denn los?», fragte ich.
«Was soll denn los sein?», fragte Mutti, während

sie fast in den Spüler hineinkroch. «Geh zu Mario und hör ihm das Gedicht ab. Er kann's schon fast.»

Ich ging hinauf zu Mario. Der hat manchmal Schwierigkeiten in der Schule. Wenn ihm die Lust fehlt. Im Sport ist er große Klasse, beim Theaterspielen auch. Beim letzten Stück hat er sogar die Hauptrolle gespielt. Und am Computer ist er fast so gut wie Ismail. Aber die täglichen Aufgaben macht er nur mit Widerwillen, manchmal auch gar nicht. In Rechtschreibung ist er ausgesprochen schwach. Da bin ich weit besser, obwohl er ein Jahr und zwei Monate älter ist als ich. Mario saß vor seinem Computer, den er zum letzten Weihnachtsfest bekommen hatte. Da hatte Mutti noch in der Kurklinik gearbeitet.

«Das Gedicht kann ich schon», sagte er und winkte ab.

«Geh mal in die Küche und guck dir Vati und Mutti an», sagte ich. «Da stimmt was nicht.»

Mario ging und kam nach einer Weile zurück.

«Ja», sagte er. «Irgendwas ist da los. Was Ernstes. Erst mal abwarten. Sie werden's schon ausspucken.»

«Was kann's nur sein?»

«Vielleicht Ärger im Betrieb. Für Vati sinkt doch schon das Barometer, wenn sein Chef nur einen Seufzer tut …»

Aber beim Abendessen wurde mir und Mario klar, dass da mehr passiert sein musste als nur ein Chefseufzer. Denn Mutti war geradezu unnatürlich leise und Vati absolut stumm.
Natürlich waren Mario und ich auch nicht sehr gesprächig. Umso aufmerksamer beobachteten wir unsere Eltern. Vati aß nur ein paar Bissen, Mutti schaufelte Unmengen in sich hinein wie immer, wenn sie Kummer hat. Die Stimmung war auf Null.
Nach dem Abendessen verschwanden sie beide in der Küche, obwohl Vati nach dem Plan gar nicht dran gewesen wäre, sondern Mario. Als er aus der Küche zurückkam, verschanzte er sich hinter der Zeitung. Mir fiel auf, dass er gar nicht blätterte.
Mutti und Vati gingen früh zu Bett. Ich konnte lange nicht einschlafen. Ich lauschte und lauschte. Ich kam mir vor wie ein zum Elternschlafzimmer hinübergerichtetes Riesen-Ohr.
Aber ich hörte die Brandung nicht rauschen.

Nichts Neues zum Frühstück: Grabesmienen. Zum Mittagessen war nur Muttis Niedergeschlagenheit zu beobachten, weil Vati mittags immer in der Kantine aß. Sie lachte ein bisschen künstlich und sagte: «Ich hab meine Tage. Entschuldigt.»

Aber das stimmte nicht. Die hatte sie vor einer Woche gehabt, das wussten wir ganz genau. Wenn sie ihre Tage hat, ist nämlich ihr Appetit weg. Jetzt aber futterte sie, als hätte sie eine Woche Fastenkur hinter sich.
Als Vati nach der Arbeit heimkam, lief ich ihm ein Stück entgegen, wie ich das oft machte, und nahm ihm die Aktentasche ab. Er lächelte mich an, und ich fragte: «Geht's dir gut, Vati?»
«Sehr gut», antwortete er.
Ich nahm seine Hand, und wir gingen Hand in Hand weiter. Er tat mir so Leid, denn er roch nach Lüge, weil er sich nicht verstellen kann. Nur beim Kasperletheaterspielen kann er das Blaue vom Himmel herunterlügen.
Und wieder so ein Abendessen, das in Beton-Stimmung stattfand. Mario warf mir einen Blick zu, und ich nickte ein ganz kleines bisschen zurück. Wir hatten uns nämlich abgesprochen, dass das so nicht weitergehen durfte. Und wir hatten ausgemacht, dass ich anfangen sollte.
Ich hatte gedacht, das sei ganz einfach, aber dann, als es Ernst wurde, hatte ich doch ein komisches Gefühl im Bauch. Erst räusperte ich mich ein paar Mal, um mir Mut zu machen. Dann sagte ich: «Mutti, Vati, ihr sagt uns nicht, was los ist. Das ist nicht fair. Da ist doch was passiert. Ihr seid so anders seit gestern.»

«Wir haben ein Recht darauf zu erfahren, was los ist», sagte Mario.
Dann verschluckte er sich vor Aufregung, und Mutti musste ihm auf den Rücken klopfen, bis er wieder zu Atem kam.
«Ihr behandelt uns wie kleine Kinder», keuchte er vorwurfsvoll.
Es war noch stiller geworden als vorher. Aus der Küche konnte man die Wanduhr ticken hören. Mutti sah Vati an, aber der hielt den Kopf gesenkt.
«Wenn ihr uns sagt, was passiert ist», erklärte ich, «können wir verstehen, warum Mutti mit ihren Tagen gelogen hat.»
«Vielleicht können wir ja helfen», meinte Mario.
Da hob Vati den Kopf und sagte: «Ja, es *ist* was los. Aber wir waren gestern beide so vor den Kopf geschlagen, dass wir meinten, es ist besser, erst mal abzuwarten, bis –»
Er suchte nach passenden Worten.
«– bis wir selber wieder einigermaßen ins Lot gekommen sind», sagte Mutti.
«Und vielleicht einen Ausweg gefunden haben», ergänzte Vati.
«Wir wollen beim Ausweg-Finden mitmachen», sagte ich. «Wir wollen bei *allem* dabei sein!»
Mir klopfte das Herz bis zum Hals. Was war nur passiert?

«Aber ihr könnt die Lage, in die wir jetzt geraten sind, gar nicht überblicken», sagte Mutti. «Ich fürchte ...»
«Spuckt's schon aus», rief Mario.
«Also gut», sagte Vati mit einer Stimme wie ein Pfarrer bei der Grabrede. «Möbel-Keutz macht Pleite. Nicht nur hier. Die ganze Kette. In ein paar Tagen bin ich arbeitslos.»

Da hab ich erst mal aufgeatmet, denn ich hatte mir schon allerlei Grässliches vorgestellt: Gehirntumor zum Beispiel. Oder Aids. Oder Erpressung. Man kennt das doch aus dem Fernsehen: Wem so was zustößt, der wankt wie behämmert mit welkem Gesicht herum. Aber es war nur Arbeitslosigkeit. Dabei ging es doch nicht um Leben und Tod!
«Möbel-Keutz macht Pleite?», rief Mario verblüfft. «Vor dem kriegt man doch nur einen Parkplatz, wenn man Glück hat!»
«Die Leute gucken viel und kaufen wenig», sagte Vati müde. «Dass es abwärts ging, das war ja zu merken. Aber es geht oft abwärts. Danach steigt die Kurve wieder. Meistens. Und eine Firmenkette hat den Vorteil, dass eine Filiale, die mal Verluste macht, von den anderen Filialen getragen wird, bis sie wieder in die schwarzen Zahlen kommt – oder geschlossen wird. Die an-

deren Filialen machen aber weiter. Normalerweise.»

Das mit den schwarzen und roten Zahlen hatte er mir schon mal erklärt. Schwarze Zahlen sind gut, rote bedeuten Alarm: Die Firma macht keine Gewinne mehr, sondern nur noch Verluste.

«Es werden, wie's scheint, nicht mehr so viele Möbel gekauft wie noch vor ein paar Jahren», seufzte Vati. «Die Nachfrage nimmt so ab, dass es ganze Ketten erwischt. Jetzt ist KEUTZ dran.» Er schüttelte den Kopf. «Es kam für alle in der Firma völlig überraschend. Hätte das jemand vorausgesagt, hätten wir ihn für verrückt erklärt!»

«Da wirst du eben in einer anderen Firma Buchhalter, Vati», sagte ich. «Ist denn das so schlimm?» Ich lief zu ihm hin und legte meinen Arm um seinen Nacken.

«So einfach ist das nicht», sagte Mutti. «Das seht ihr doch an mir. Ich habe bis jetzt in meinem Beruf auch nichts gefunden. Auf jeden freien Platz warten mindestens zehn, die das nötige Wissen und Können und die Erfahrung haben, ihn auszufüllen.»

«Vati hat mehr Erfahrung als viele andere», rief Mario.

«Das stimmt», sagte Mutti. «Aber er ist den meisten Firmen, die einen Buchhalter suchen, zu alt.»

Vati war sechsundvierzig Jahre alt. War das zu alt? Das konnte ich nicht begreifen.

«Älteren Leuten müssen Arbeitgeber mehr Lohn zahlen als jüngeren», erklärte Vati. «Das spielt eine große Rolle bei der Entscheidung, wen sie nehmen.»

Mario hatte jetzt das Gesicht, das in Krimis die Detektive haben, wenn ihre Gedanken angestrengt auf der Suche nach dem Mörder sind.

«Dann such doch nach einem Arbeitsplatz, auf den nicht so viele Arbeitslose warten», riet er Vati. «Auf den vielleicht gar niemand wartet. Dann kriegst du ihn garantiert!»

Vati schüttelte den Kopf. «Ich hab aber nichts anderes gelernt als Buchführung.»

«Du kannst doch viel mehr als nur Buchführung!», rief ich.

«Aber nichts, womit man Geld verdienen kann.»

«Natürlich kann Vati Brötchen austragen oder Ziegel schleppen oder Teller waschen», sagte Mutti. «Aber auch auf eine solche Stelle lauern viele, vor allem die, die nie einen Beruf gelernt haben. Und auch wenn er sie bekäme, wäre das keine Lösung für uns alle. Denn er würde dort nicht genug verdienen.»

Nicht genug? Das verstand ich nicht. Genug wofür?

Vati und Mutti sahen sich an. «Wenn nicht ge-

nug Geld hereinkommt», sagte Mutti und strich Mario übers Haar, «können wir die Raten für unser Haus nicht mehr bezahlen. Das heißt, dann müssen wir es verkaufen. Das ist der Punkt.»
Das gab mir aber doch einen Stich in den Magen, und auch Mario verschlug es die Sprache. Das schöne Haus, für das sich Vati und Mutti so krummgelegt hatten. Das sie ganz auf unsere Familie zugeschnitten hatten! Und der Garten, der Garten – nein!
«Jetzt wisst ihr also, weshalb wir so komisch waren», sagte Vati.
«Und weshalb ich euch angeschwindelt hab», fügte Mutti hinzu.
«Das Haus behalten wir», sagte Mario entschlossen. «Die Raten bringen wir schon irgendwie auf. Heute Nacht werde ich nach Auswegen grübeln.»
«Ich auch», rief ich. «Und wie!»
Als wir dann die Treppe hinaufliefen, hörte ich Mario knurren: «Ausgerechnet jetzt! Konnte das nicht im nächsten Jahr passieren?»
«Das bleibt sich doch egal», flüsterte ich. «Wenn's nicht zu ändern ist, kommt's auf ein bisschen früher oder später nicht an.»
«Aber ich wollte mir zu Weihnachten den Drucker wünschen!», jammerte er. «Meinst du,

es macht mir Spaß, Vatis Drucker jeden Tag hin- und herzuschleppen? Und wenn ich's mal vergesse, ihm rechtzeitig das Ding auf den Schreibtisch zu stellen, regt er sich auf, so pingelig, wie er ist!»
«Pst!», flüsterte ich. «Das hören sie doch!»
Gleichzeitig fiel mir der Thermo-Schlafsack ein, von dem ich schon geträumt hatte.
Ich nahm mir fest vor, die ganze Nacht nach einem Ausweg zu suchen. Und ich wollte auch genau hinhorchen, ob die Brandung wieder rauschte.
Aber kaum war ich im Bett, war ich weg.

4

Zum Glück geht's beim Arbeitsloswerden mit dem Geld nicht so schnell bergab. Wir hörten in den nächsten Wochen und Monaten immer wieder die Wörter «Konkursausfallsgeld» und «Arbeitslosengeld» und «Arbeitslosenhilfe». Ich ließ sie mir von Mario oder Mutti oder Vati erklären. Aber das ist alles so kompliziert. Ich hab damals wirklich nicht viel mehr als die Hälfte verstanden. Ich behielt nur im Kopf, dass es dabei um Geldstufen ging, um Immer-weniger-Stufen. Als Mutti ihren Job verloren hatte, waren diese Wörter auch schon mal in den Gesprächen aufgetaucht. Aber sie hatten, wie mir schien, keine solche Wichtigkeit gehabt. Und ich war damals noch ein halbes Jahr jünger gewesen, nur neun Jahre und ein paar Monate alt.

Obwohl Vati bald nicht mehr täglich zu KEUTZ ging, hatte er wenig Zeit für Mario und mich. Immer wieder musste er aufs Arbeitsamt.

Einmal hab ich ihn dorthin begleitet. Erst wollte er nicht, dass ich mitkam, aber dann sagte er: «Na ja, dann komm. Es sind sicher auch andere Kinder da.»

In den Gängen war ein Wahnsinnsbetrieb. Vati zog eine Nummer und wartete dann endlos. Der Raum, in dem wir erst standen, dann saßen, war gerammelt voll. Einer hatte eine Flasche bei sich, aus der er ab und zu einen Schluck nahm. Es war aber nur eine Cola-Flasche. Auf einmal fing er an zu brüllen. Er schimpfte auf die «Scheißunternehmer» und den «Scheißstaat» und sagte zu dem Mann, der neben ihm saß: «Für solche Zeiten wie die jetzige taugt die Demokratie nichts. Da muss eine eiserne Faust her, die wieder Arbeitsplätze schafft. Ist doch so – oder? Die

hohen Herren aus der Industrie und der Politik haben ja keine Ahnung, wie sich's als Arbeitsloser lebt. Die lassen sich's auf unsere Kosten gut gehen. Hab ich Recht oder nicht?»
Der neben ihm saß, setzte sich auf die andere Seite, wo gerade ein Stuhl frei wurde. Aber ich sah zwei Leute nicken.
«Hab ich Recht oder nicht, he?», sagte der Colatrinker noch einmal, sehr laut, und schaute sich um. Aber niemand antwortete ihm. Nur einer in einer Ecke knurrte: «Einen Krieg brauchen wir. Krieg schafft Arbeitsplätze.»
«Jetzt reicht's!», rief eine junge Frau empört. «Was sind denn das für Töne!»
Sie hatte ihr Baby dabei und noch einen ungefähr Dreijährigen. Eine Dicke bot sich an, auf den Jungen aufzupassen, solange die junge Frau mit dem Baby «drin» sein würde. Das «Drin» war das Büro, in das alle hineinwollten. Wo man, wenn man Glück hatte, – sehr viel Glück! – eine Arbeitsstelle bekam. Das Büro, für das man die Nummer ziehen musste.
Als die Nummer der jungen Frau dran war, gab's Geheule, weil der Junge nicht bei der Dicken bleiben wollte. Da nahm sie ihn mit hinein. Als sie wieder rauskam, heulte *sie*.
Vati aber saß die ganze Zeit stumm auf seinem Platz und schaute nur ab und zu hinauf zu dem

Quadrat, in dem die Nummer aufleuchtete, die gerade dran war.
Lauter trübe, finstere, traurige, verdrossene Gesichter. Mir wurde selber ganz trüb zumute, wenn ich mir vorstellte, später hier auch mal eine Nummer ziehen zu müssen. Was für Aussichten. Ich hatte mir's bis dahin so schön vorgestellt, später Tierärztin zu sein. Aber gab's nicht vielleicht schon viel zu viele davon?
Über zwei Stunden mussten wir warten, bis Vatis Nummer dran war und er hineindurfte. Er blieb höchstens fünf Minuten drin, kam wieder raus und schüttelte traurig den Kopf. Wieder nichts.
Dafür hatten wir in diesem öden, blöden Bau, der ganz voll Mief war, so lange warten müssen!

Was hat Vati damals nicht alles getan, um wieder eine Buchhalterstelle zu bekommen! Er verließ sich nicht nur auf das Arbeitsamt. In mindestens zehn Personalbüros stellte er sich vor, immer mit ein bisschen Hoffnung. Aber er erhielt nur Absagen.
«Ich bin zu alt», sagte er jedesmal, wenn er von so einem Gespräch zurückkam. Eines Tages geriet er sogar an einen Personalchef, der ihm nicht einmal mehr zutraute, ein neues Computerprogramm zu erlernen!

Vati kaufte wochenlang die wichtigsten und bekanntesten Zeitungen, sah sie nach Stellenangeboten durch, schrieb Bewerbungen in alle Richtungen. Manchmal trug ich seine Briefe zum Briefkasten. Ich erkannte an den Adressen, dass Vati bereit war, auch in einer anderen Stadt zu arbeiten. Das machte mich traurig, denn das bedeutete, dass er dann nur übers Wochenende daheim sein würde. Fast die ganze Woche ohne Vati – das konnte ich mir noch nicht vorstellen.

Jedesmal wenn Vati heimkam, fragte er als Erstes nach der Post. Oft trug ich sie ihm schon entgegen, wenn ich ihn kommen sah. Mit einem Blick wusste er Bescheid: Große, dicke Umschläge enthielten Absagen. Alle Briefe waren groß und dick – außer Werbesendungen oder Rechnungen.

Auch Mutti suchte fieberhaft nach einem Job. Sie probierte es, von Haus zu Haus zu gehen und Kosmetikkram anzubieten. Aber nach ein paar Tagen hörte sie damit auf, denn sie war fast nichts losgeworden, und manche Frauen hatten ihr nur aus Mitleid was abgekauft. Mutti meinte, so ein Job mache sie krank. Sie bekam zwei Gymnastikkurse in der Volkshochschule. Die wurden nicht besonders gut bezahlt, machten aber wenigstens Spaß.

Auch ich und Mario blätterten in den Zeitungen herum. «Das gibt Anregungen», meinte Mario. «Für die Phantasie.»

Mir fielen immer wieder die kleinen Anzeigen ins Auge: STUDENT SUCHT ZIMMER. Ich überlegte: Ließ sich in unserem Haus nicht vielleicht auch ein Zimmer vermieten? Wenn ich daran dachte, mein Zimmer aufzugeben und mit in Marios zu ziehen, wurde mir ganz flau im Magen. Aber damit würde ich mithelfen, unser Haus zu retten! Und es würde ja auch nicht für immer sein ...

Mutti und Vati fanden diese Idee brauchbar. Aber war denn auch Mario einverstanden? Schließlich musste er sein halbes Zimmer an mich abtreten.

Im ersten Augenblick war er entsetzt. «Wenn Freunde von mir kommen? Wenn ich mit Ismail computern will?», rief er in Panik.

«Dann gehe ich eben raus», sagte ich bang, «und bleibe im Garten oder im Wohnzimmer, bis deine Bude wieder frei ist. Und wenn *ich* Besuch bekomme, gehst *du* raus.»

Es fiel ihm nicht leicht zuzustimmen, aber er tat es. Etwas anderes blieb ihm ja auch gar nicht übrig, nachdem wir beide vorher so groß getan hatten von wegen Mithilfe und Team und so. Vati und Mutti bedankten sich bei mir und ihm für

den guten Willen. Vati musste sich sogar schnäuzen.
«Ihr braucht euch nicht zu bedanken», sagte Mario großartig. «Es ist ja für uns alle.»
Aber kaum waren wir wieder allein, saß er da mit düsterem Gesicht und war nicht sehr gesprächig.
«Du gehst mir auf den Geist», sagte ich. «Erst hochtrabend daherreden, als ob du ein Denkmal wärst, aber dann so tun, als ginge die Welt unter. Ich bin ja noch schlechter dran als du. Ich hab noch viel mehr Grund als du, mir Leid zu tun!»
Das nächste Semester begann, zum Glück, erst im Herbst. Während der Sommerferien und im September konnte ich mein Zimmer also noch genießen. Und Mario seines.

Es war immer deutlicher zu merken, dass sich nun vieles änderte. Allein schon die Sommerferien waren ganz anders als die im vergangenen Jahr. Mario und ich hielten uns noch viel lieber als bisher im Garten auf. Denn nun war es ja gar nicht mehr sicher, ob wir ihn in den Sommerferien des kommenden Jahres noch haben würden. Vielleicht waren wir dann wieder in einer so engen Wohnung wie damals in der Hegelstraße!
Ich liebte mein Zimmer auf einmal heiß. Ich

schmückte es mit Blumen und Postern und ließ mir ein würzig duftendes, trockenes Kräutersträußchen geben, das Mutti mal geschenkt bekommen hatte. Das hängte ich hinein, damit die Luft danach roch.
«Entschuldige, Zimmer», flüsterte ich manchmal abends im Bett leise. «Aber du weißt ja, weshalb ich dich für eine Weile hergeben muss. Es geht nicht anders.»
Dann musste ich weinen. Manchmal.
In der Schule hatte sich – noch vor den Sommerferien – ebenfalls einiges verändert. Früher hätten mich fast alle Mädchen meiner Klasse gern neben sich sitzen gehabt. Jetzt merkte ich, dass mich manche, die sich noch vor kurzem darum gerissen hatten, in der Pause mit mir zu spielen, nicht mehr beachteten. Einmal hörte ich, wie Manuela, der ich oft bei den Mathe-Aufgaben geholfen hatte, ihrer Freundin Andrea zuflüsterte: «Meine Mutti hat gesagt, Freundschaften mit Arbeitslosenkindern und Sozialhilfekindern und ausländischen Kindern, das wird nichts Rechtes. Das ist nicht der richtige Umgang. Such dir solche Freundinnen, die mithalten können ...»
Und Florian, der Sohn vom Bäcker an der Ecke Ostpreußenstraße-Wielandstraße, sagte in einer Pause zu mir, ziemlich von oben herab: «Dein

Vater ist also arbeitslos? Mein Vater sagt, wer arbeitslos ist, ist selber schuld. Wer wirklich arbeiten will, der findet was.»
Auf dem Heimweg muss ich immer an dieser Bäckerei vorbei. Ich hab an dem Tag eine ganze Weile davorgestanden und hab überlegt, ob ich hineingehen und dem Bäckervater eine kleben soll. Nur: Der ist sehr groß, mindestens einsneunzig. Da hätte ich damals noch nicht richtig hinauflangen können.
Aber wir kaufen seitdem unsere Brötchen und unser Brot woanders.
Mario bekam es auch zu spüren, dass man mit einem arbeitslosen Vater nicht mehr so viel wert zu sein scheint.
«Das ist wie bei den Aktien», sagte er. «Die sinken und steigen in ihrem Kurswert.»
Das stimmte. In der Klasse sackten vor allem die Kinder ganz stark im Kurswert ab, denen man schon ansah, dass sie sich Teures nicht mehr leisten konnten. Die in Billig-Jeans und Billig-Turnschuhen rumliefen und nicht einmal das Geld hatten, sich bei McDonald's einen Riesenhamburger zu kaufen.
So wie Angela zum Beispiel. Die hat nur eine Mutter, und die ist seit drei Jahren arbeitslos. Jetzt leben Angela und ihre Mutter von der Sozialhilfe. Aber das hat Angela nur mir verraten,

sonst niemandem, weil sie sich schämt. Außer mir hatte Angela früher noch eine andere gute Freundin: Mareike. Aber als Mareike merkte, dass Angela sich vieles nicht mehr leisten konnte, hat sie sich aus ihr nichts mehr gemacht.

Ich halte zu Angela. Ich erzählte nur ihr, dass Vati seinen Job verloren hatte. Denn ich wusste: Angela hält dicht. Davon hab ich mich schon oft überzeugen können.

Irgendwie ist es dann aber doch durchgesickert, dass bei uns Mutti *und* Vati ihren Arbeitsplatz verloren hatten. Sicher über die Eltern. Jeder in unserer Stadt hat ja mitgekriegt, dass MÖBEL-KEUTZ bankrott war.

Damals in den Sommerferien lernte meine Mutti Angelas Mutter kennen. Sie mochten einander vom ersten Augenblick an. Angelas Mutter riet, die Kleider für mich und Mario doch in Secondhand-Läden zu kaufen. Damit könne man viel sparen, und manchmal bekomme man sogar Markenartikel zu einem lächerlichen Preis.

Diesen Tip fand Mutti sehr nützlich. Ein paar Tage später klapperte sie mit Mario und mir die Secondhand-Läden ab. Sie kaufte Mario ein paar Jeans, die fast noch neu waren, und mir Turnschuhe, weil mich die alten schon arg drückten. Sich selber kaufte sie eine Jacke, der man nicht ansah, dass sie schon jemand anderem gehört hatte.

Leider begegneten wir aber Laura, als wir gerade aus so einem Laden herauskamen. Sie fragte mich ganz verstört: «Gehst du in gebrauchtem Zeug? Igitt!»

«Warum denn nicht?», antwortete Mutti. «Die Sachen sind doch gewaschen oder in der Reinigung gewesen.»

Da kicherte Laura und lief weg. Zu ihrem und Saschas Geburtstag, Anfang August, lud sie mich nicht ein. Manchmal begegne ich ihr auf der Straße, da schaut sie in eine andere Richtung.

Mario nahm so was gelassener als ich. Er hatte seinen Ismail, der ist genau so zuverlässig wie Angela.

Ich hab damals bei der Sache mit Laura doch ein bisschen ins Kissen weinen müssen, abends, als es niemand sah.

Und nun war ich gespannt: Mitte August hatte Momo Geburtstag. Würde ich eingeladen werden oder nicht? Oder würde auch Momo mich fallen lassen?

Als ich Momos Einladung bekam, erschien mir plötzlich alles heller. Ich lief in den Garten hinaus, setzte mich auf die Schaukel und schwang mich immer höher. Liebe Momo, gute Momo!

Aber die Geburtstagsparty wurde doch zu einer Enttäuschung. Zwar erkundigte sich Momos Mutter mitfühlend, ob Vati inzwischen wieder Arbeit gefunden habe. Und als ich den Kopf schüttelte, sagte sie: «Wenn wir euch irgendwie helfen können, dann lasst es uns wissen.» Das meinte sie ganz gewiss ehrlich, das sah ich ihr an.

Aber wenn die feiern, ist nie Pfiff drin. Momos Eltern haben einfach keine Ideen. Das hat nichts mit Geld zu tun. Denn Momos Eltern sind beide Architekten und haben ein großes Büro. Die brauchen nicht bei jeder Ausgabe zu überlegen: Können wir uns das leisten? Sie haben sogar eine fest angestellte Frau für den Haushalt und ein Kindermädchen. Und Momo hat Klamotten vom Feinsten.

Es war ein echtes «Gähn», wie Mario das nennt: Erst gab's mit Momos Vater eine Schnitzeljagd im Park. Schnitzeljagd! Öde. Ich hatte bis dahin schon mindestens zehn Schnitzeljagden miterlebt: auf Geburtstagspartys, auf Schulausflügen, auf Kindergartenfesten.

Dann gab's daheim das übliche Geschenke-Überreichen, das Kerzenausblasen und Tortengemampf, danach ein paar Urururalt-Gesellschaftsspiele wie Teekesselraten, Bäumchen-wechseldich, Mein-linker-Platz-ist-leer und Dreh-dich-

nicht-um, alles aus Omas Jugendzeit. Und mit einem Big-Mäc in der Fußgängerzone ging die Party zu Ende.
Ich erzählte Mario davon.
«Immer dasselbe», seufzte er. «Es gibt so wenige Eltern mit guten Party-Ideen. Die gucken immer nur: Was hat man früher gemacht?, oder: Was machen die anderen? Das machen sie nach. Und unsereiner kann sich dabei zu Tode langweilen.»
«Bei unseren Partys langweilt sich niemand», sagte ich.
«Wir haben ja auch Eltern, denen die Phantasie noch nicht eingetrocknet ist», meinte Mario.
«Du», flüsterte ich und sah Mario starr an, «läßt sich *damit* nicht Geld verdienen?»
«Kann ich mir nicht vorstellen», sagte Mario und beugte sich wieder über seinen Computer.

5 Vati und Mutti bemühten sich trotz allem, uns schöne Ferien zu bereiten. An drei Samstagen fuhren sie mit uns ins Gebirge. Sie parkten nicht auf dem Campingplatz,

sondern auf einem nahen Parkplatz im Wald, was eigentlich nicht erlaubt ist, aber sehr viel billiger kommt, denn dort kostet es gar nichts. Wir schliefen im Wagen. Irgendwie ging's. Für Vati war es am unbequemsten, weil er so groß und breit ist. Na, jedenfalls überstand er die erste Nacht, und in der zweiten war's gar nicht mehr so schlimm.

Aber an diesen Bergwochenenden schien es mir doch manchmal so, als seien die Eltern mit ihren Gedanken ganz woanders und nur mit den Körpern da. Das machte ein bisschen traurig.

Übrigens: Wenn Vati nur seine Shorts trug, war es nicht zu übersehen, dass er mächtig abgenommen hatte.

Der gute, alte VW-Bus. Er stammt noch von Opi Willi. Der war ein Jahr, nachdem er ihn gekauft hatte, an einem Hirnschlag gestorben. Eine Zeit lang hatte Omi Lotte den Obststand auf dem Markt noch weitergeführt, dann hatte sie aufgehört und ihrer Tochter (Mutti) den VW-Bus überlassen. Für fast nichts. Das war damals gewesen, als das Haus gebaut wurde. Da konnten Vati und Mutti den Bus gut gebrauchen. Und bisher hatten sie sich von ihm nicht trennen wollen: An ihm hingen Erinnerungen!

Inzwischen war auch Omi Lotte gestorben, und der Bus war schon über sieben Jahre alt, denn

Opi Willi hatte ihn nicht neu gekauft. Aber er war immer gepflegt worden, vor allem von Vati ganz penibel, und sah noch gut aus. Jetzt ersparte er uns manche Ausgabe.
«Vielleicht ließe sich mit dem Bus Geld verdienen?», meinte Mario einmal. «Zum Beispiel könnte man ihn als fahrbaren Imbissstand verwenden. Oder?»
«Imbissstand hat mit Essen zu tun», antwortete Vati. «Alles, was mit Essen zu tun hat, wird in unserem Land immer wieder gründlich geprüft. Unser Bus hätte da keine Chancen. Und das Geld, um uns einen richtigen Bus mit Theke, Kühlschrank, Spüle zu kaufen, haben wir nicht. Also vergiss es.»
«Er verhilft uns zu schönen Stunden, unser Bus», sagte Mutti. «Auf billige Weise. Das ist doch auch was.»
«Man könnte ihn anbieten für Transporte», bohrte Mario weiter.
«Für Umzüge ist er ungeeignet», warf Vati ein. «Nur Kleinmöbel haben in ihm Platz.»
«Ich hab an Menschen gedacht.»
Vati winkte ab: «Einer von KEUTZ hat nach seiner Entlassung so einen Betrieb aufmachen wollen. Ich hab kürzlich mit ihm gesprochen. Ein tüchtiger Fahrer. Er ist kläglich gescheitert. Drei Busse hat er sich angeschafft, gebrauchte. Noch

nicht einmal einer war voll ausgelastet! Obwohl er ein paar Tausender in die Werbung gesteckt hat.»

Ich begriff, dass Vati unablässig auf der Suche nach einer Möglichkeit war, Geld zu verdienen. Er musste in den letzten Wochen viel Frust erlebt haben. Immer wieder waren ihm kleine Hoffnungen kaputtgemacht worden, wie es schien. Lieber Vati. Armer Vati. Ich nahm seine große haarige Hand in meine Hände und drückte sie an meine Wange.

«Kommt», sagte Vati, «gehn wir an den Fluss. Ich hab so Lust, fließendes Wasser zu sehen.»

Mutti hatte keine Zeit, sie hatte wieder die stundenweise Pflege von alten Leuten übernommen. Jetzt waren es zwei alte Herren. Denen hatte sie versprochen, sie mal in den Garten einzuladen. Das wollte sie heute tun, denn es war ein prächtiger Tag, nicht zu heiß und nicht zu kühl.

Mario konnte auch nicht mitkommen. Er war zum Geburtstag von Manni eingeladen, Manni Kupsch von gegenüber. Er ging nicht gern hin, aber Vati und Mutti waren der Meinung, da dürfe er sich nicht drücken, denn das nähmen die Kupschs sicher sehr übel.

So kam es, dass ich Vati allein begleitete. Das war so schön, obwohl Vati nicht viel sprach. Aber wir gingen Hand in Hand. Und er roch so

gut nach Vati, und sein Ohr, das mir zugewandt war, schimmerte fast durchsichtig in der Sonne, und das Wasser im Fluss unten rauschte leise.
Das Schönste aber waren die weißen, federleichten Wolken, die sonnendurchstrahlt über die Himmelsbläue zogen. Dort oben in so einem Bausch zu liegen, zu träumen, sich treiben zu lassen –
«Elin», sagte Vati, blieb stehen und lauschte. «Hörst du den Fluss?»
Ich blieb auch stehen. Natürlich hörte ich ihn. Ich nickte.
«Ich mag sein Rauschen», sagte Vati und starrte ins Wasser hinunter. «Es beruhigt. Manchmal, wenn ich nur noch in schwarze Löcher stürze, geh ich hier ans Ufer und sehe und höre dem Fluss zu und werde wieder ruhig. In ihm zieht alles gleichmäßig dahin, so gelassen, so ruhig. Auf dem Rücken im Wasser liegen und sich treiben lassen – das muss etwas Wunderbares sein …»
«Das hab ich schon oft gemacht», sagte ich. «Im Schwimmkurs. Erst hab ich Angst gehabt, einfach so still zu liegen und gar nichts zu tun. Nicht einmal mit den Händen zu paddeln. Denn da treibt man ja irgendwohin, wo man vielleicht gar nicht hinwill.»
«Ich kenn das Gefühl nicht», sagte Vati. «Ich hab

ja nie schwimmen gelernt. Ich kann nur davon träumen ...»

Er ging weiter. Ich merkte, dass er mir sehr aufmerksam zuhörte. Dabei erzählte ich doch nur vom Schwimmkurs.

«Aber dann hat mir's auch gefallen, so zu treiben», berichtete ich weiter. «Weil man dabei in den Himmel schaut. In die Wolken. Dort wär ich gern –»

«Es geht leichter nach unten als nach oben», sagte Vati, aber ich verstand nicht, was er meinte.

«Meistens hat man ja keine Zeit, sich auf den Rücken zu legen und den Wolken zuzusehen», sagte ich. «Aber beim Toten Mann gehört das In-die-Wolken-schauen dazu.»

Vati blieb wieder stehen. «Was meinst du mit dem Toten Mann?», fragte er.

Das war schon lustig: Abwechselnd verstanden wir einander nicht, mal ich ihn nicht, mal er mich nicht!

«So hat der Schwimmlehrer diese Übung genannt», antwortete ich. «Und so nennen sie auch alle im Schwimmverein.»

Vati setzte sich wieder in Bewegung. «Wie gut, dass du schwimmen kannst», sagte er. «Nur selten ertrinkt ein Schwimmer.»

«Vati», fragte ich leise, «was meinst du mit den schwarzen Löchern, in die du stürzt?»

«Vergiss es», murmelte er. «Es war nur ein Scherz.»
Aber das glaubte ich ihm nicht.

Wir kamen erst knapp vor dem Abendessen zu Hause an. Mutti hatte die beiden alten Herren bereits heimgebracht.
«Es hat ihnen so gut in unserem Garten gefallen», erzählte sie lautstark. «Sie haben mich gefragt, ob sie öfter hier sein dürfen, wenn das Wetter danach ist.»
Sie war richtig high, wie Mario das nennt. Er selbst aber hatte eine miese Laune.
«Schade um den Nachmittag», knurrte er. «Kakao und Torte zum Platzen, danach vor der Glotze. Die einzig gute Nummer war, dass uns Mannis Vater bis an die Zimmerdecke gestemmt hat. Alle acht Gäste, und zum Schluss, als wir schon dachten, er kriegt gleich 'n Kollaps, noch Mannis Mutter. Du kannst dir nicht vorstellen, wie wir applaudiert haben –!»
Am Abend kam noch Herr Kupsch auf einen Sprung rüber, Mannis Vater, um sich bei Vati eine Auskunft zur Lohnsteuererklärung zu holen. In solchen Sachen kennt sich Vati aus.
Sie kamen ins Gespräch, kamen vom Hundertsten ins Tausendste. Ich hörte zu, aber vieles verstand ich nicht.

«Wir befinden uns in einer Zeit völligen Umbruchs!», rief Herr Kupsch und fuchtelte mit den Händen. «Nichts bleibt, wie's ist, und zwei mal zwei ist nicht mehr vier!»
Mir blieb der Mund offen stehen. Zwei mal zwei nicht mehr vier? Da brach ja das ganze Einmaleins zusammen!
Vati merkte, wie verblüfft ich war, und fing an zu lachen.
«Keine Sorge, Elin», sagte er. «Herr Kupsch hat das nur bildlich gemeint.»
Dann ging es um die «Konjunkturflaute», unter der ich mir nichts vorstellen konnte, außer dass es was Düsteres, Ängsteweckendes sein musste. Von der Arbeitslosigkeit im Allgemeinen und Vatis und Muttis Arbeitslosigkeit im Besonderen kamen sie auf die «gegenwärtige Wirtschaftspolitik» zu sprechen und danach auf die «Risiken einer Existenzgründung». Damals waren mir alle diese Ausdrücke noch fremd. Inzwischen fallen sie fast in jedem Gespräch, das Vati oder Mutti mit Bekannten führen.
Mutti und Mario klapperten in der Küche herum. Es war ein ziemliches Getöse. Deshalb mussten die beiden Männer im Wohnzimmer lauter als normal sprechen.
«Der sichere Tip für Existenzgründer», rief Herr Kupsch, «ist jede Art von Service für die Alten.

Denn es gibt immer mehr Alte, und die lassen sich immer mehr Zeit mit dem Sterben. Klubs für Alte, Wohnheime für Pflegefälle, Seniorenuniversitäten – eine Investition mit Zukunft!»
Für mich lohnte sich's nicht, lange über diese geschwollenen Wörter nachzudenken. Denn Vati winkte nur lächelnd ab.
«Dazu braucht man Geld», sagte er. «Millionen! Wir hätten nur ein paar Hunderttausend, wenn wir unser Haus verkaufen würden. Aber das wollen wir ja gerade behalten!»
Nein, Herr Kupsch konnte Vati auch nicht helfen.

Vati bekam von so vielen Seiten gute Ratschläge: Ein ehemaliger Arbeitskollege von KEUTZ hatte ihm geraten, sich per Anzeige als freier Buchhalter anzubieten. Als Buchhalter für solche Leute, die ihre Buchführung nicht selber machen können oder wollen, aber nicht genug Geld haben, einen Buchhalter für sich allein einzustellen.
Dieser Rat hatte sich erfolgversprechend angehört. Vati hatte ein paar Anzeigen aufgegeben. Aber es hatte sich nur ein einziger Interessent gemeldet, und der wollte noch mit Vati handeln, wollte nur die Hälfte von dem zahlen, was Vati für seine Arbeit verlangte.
Auf diese Idee schienen schon viele arbeitslose Buchhalter gekommen zu sein.

Vatis Schwester Ute hatte auch einen guten Rat bereit, als sie von seinem Pech hörte. Ute ist enorm rundlich und sehr energisch, ganz anders als Vati. Nicht einmal rötliches Haar hat sie, sondern ganz gewöhnliches blondes. Ihr Mann Otto, der noch ganz altmodisch «Onkel» genannt werden möchte, hat eine Firma, die gut läuft: Er leiht Wachmänner aus, die vor allem nachts irgendwelche Gebäude und Grundstücke bewachen. Ute hatte Vati angeboten: «Wenn du nichts findest, Jochen, dann komm zu uns als Wachmann.»
Aber Otto bezahlt seine Leute schlecht. Und überhaupt: Vati als Wachmann mit Schirmmütze, Hund und Gummiknüppel? So kann ich ihn mir einfach nicht vorstellen. Und Vati sich selbst auch nicht.
«Eher spiele ich in der Fußgängerzone Kasperletheater und lass mir dafür ein paar Pfennige in den Hut werfen», meinte er.

6 Die Ferien waren zu Ende. Mit gemischten Gefühlen erwartete ich den ersten Tag in der anderen Schule. Auch Angela und Momo waren auf dieser Schule angemeldet worden. Aber würden sie in dieselbe Klasse kommen wie ich? Wenn nicht, würde ich unter lauter fremden Kindern sein. Ob es mir gelingen würde, neue Freundinnen zu finden? Was sollte ich antworten, wenn jemand wissen wollte, wo mein Vater arbeitete?
Aber ich hatte alles zu schwarz gesehen. Nicht nur Momo und Angela, sondern auch Christine war mit in meiner neuen Klasse. Christine war in den letzten Tagen des alten Schuljahrs ziemlich von mir abgerückt, aber jetzt zeigte sie sich wieder sehr freundlich – wahrscheinlich, weil sie noch keine neuen Freundinnen hatte.
«Mein Vater hat aber noch immer keine Arbeit», sagte ich zu ihr, «und wir müssen sehr sparen.» Dabei sah ich sie so an, dass sie genau merken musste, warum ich das sagte. Sie wurde rot und nuschelte: «Macht ja nichts.»
Jedenfalls fiel mir ein Stein vom Herzen. Ich war

jetzt eine Gymnasiastin aus der 5 c und keinesfalls die Einzige in der Klasse mit arbeitslosen Eltern.
Und wenn ich's auch gewesen wäre – na und?
Mario aber kam finster heim. Patrick, den er aus der ganzen Klasse am wenigsten leiden konnte, hatte allen erzählt, dass die Müllers demnächst von Sozialhilfe leben würden. Und er hatte in die Klasse gebrüllt: «Bald sitzen sie mit 'ner Groschenbüchse vor unserer Schule!»
Da hatten sie alle gelacht. Nur Ismail nicht. Der hatte Patrick eine kleben wollen, aber die anderen waren dazwischengegangen.
Am nächsten Morgen ging Vati in die Schule und redete mit Marios Klassenlehrer. Der sprach danach mit der ganzen Klasse über das Thema Arbeitslosigkeit. Dass das jedem passieren kann und dass das keine Schande ist. Aber Anlass zum Helfen. Und so weiter. Den Patrick knöpfte er sich in der Pause noch einmal allein vor.
«Das vergess' ich dir nie, Vati», sagte Mario, als er heimkam.
Vati grinste und betätigte sein Kneif-Auge.

Im September gab Mutti eine Anzeige wegen dem Zimmer auf, und gleich am nächsten Morgen war's vergeben. Eine Studentin fand es «süß!». Ein Riesenweib mit Brille und blondem Rieselhaar.

Am Nachmittag war sie noch mal da, um was auszumessen. Sie habe nämlich von ihrer Oma – oder ihrer Uroma, ich kann mich nicht mehr genau erinnern – so einen süßen alten Damenschreibtisch geerbt, der müsse unbedingt mit rein. Mich fand sie auch süß, ebenso wie unseren Garten, der viel zu groß ist, als dass er «süß» sein könnte! Ja, sogar Mario und unser Gästeklo hatten die Ehre, «süß» genannt zu werden.
Elvira heißt sie. Aber Mario hat sie gleich von Anfang an «Süßwurzel» getauft, deshalb heißt sie bei uns, wenn sie nicht dabei ist, nur «Die Süßwurzel». Einmal hat Mutti sich vertan und «Süßwurzel, Telefon!» hinaufgerufen. Nach dem Telefonat hat sie sich mit allerlei Notlügen herauswinden müssen: Sie habe gerade kurz vorher mit ihrer Freundin über Möhren gesprochen, und da habe ihr die Freundin erzählt, dass man in ihrer Heimat die Möhre «Süßwurzel» nenne.
Kein Wort wahr davon. Aber die Süßwurzel glaubte es prompt – und fand den Versprecher süß.
Ich konnte sie gleich von Anfang an nicht ausstehen. Aber dafür kann sie eigentlich nichts. Außer dem «Süß»-Tick gibt es nichts, worüber man sich ernsthaft beschweren könnte. Sie ist enorm gutmütig und glaubt einem alles und

nimmt Rücksicht und bietet manchmal, wenn sie meint, dass es nötig ist, ihre Hilfe an.
Aber ich komme einfach nicht drüber weg, dass sie in meinem Zimmer wohnt. Da kann ich mich noch so anstrengen – ich krieg's nicht hin, sie zu mögen.
Schon zum fünfzehnten September wollte sie einziehen.
Nun musste der Umzug hoppla-hopp gehen. Mario und ich begannen zu sortieren: hier Aufheb-, da Weggebsachen. Mario entschloss sich, Abschied zu nehmen von seiner Sammlung alter, schmuddeliger Schmusetiere aus seiner Frühzeit und einer Schachtel voll CDs. Ich trennte mich schweren Herzens von einem großen Teil meiner Bilderbücher und von der Barbie samt ihrer Garderobe. Ich hatte die Plastikfrau mit ihrem «Puffer-Busen», wie Mario diese Körperteile nennt, zwar nie ausstehen können, aber sie war einmal ein Weihnachtsgeschenk von Omi Lotte gewesen, und die hab ich gemocht. Deshalb tat es doch weh, die Barbie wegzugeben. Immerhin war abzusehen, dass sie Geld einbringen würde.
Mutti fuhr uns das aussortierte Zeug samt dem großen Klapptisch auf den nächsten Flohmarkt in der Fußgängerzone. Die Barbie wurden wir schon nach zehn Minuten los. Ich glaube jetzt, wir hätten sehr viel mehr dafür verlangen können. Aber

wir hatten ja noch gar keine Flohmarkterfahrung und keine Ahnung, wie das funktioniert mit dem «System von Angebot und Nachfrage», von dem Vati so oft spricht. Mutti hatte vorgehabt, bei uns zu bleiben, aber Vati hatte gesagt: «Lass sie nur allein klarkommen. Je früher sie's lernen, umso besser für sie.»

Wir fanden den Betrieb so spannend, dass wir nicht einmal froren, obwohl ein kalter Wind wehte.

Nur auf ein paar Büchern blieben wir sitzen, die schon ziemlich zerfleddert waren, und auf Marios allererstem Teddybär.

«Kein Wunder», grinste Mario. «Dem sieht man an, dass er tausendmal besabbert worden ist. Ich würde ihn auch nicht kaufen. Ich nehm ihn wieder mit heim. Den hab ich mal fast so lieb gehabt wie Vati und Mutti. Der kriegt einen Ehrenplatz.»

Wir zählten das Geld. Einhundertachtundvierzig Mark und zweiundsiebzig Pfennige. Wir waren zufrieden. Mit etwa hundertfünfzig Mark hatten wir gerechnet. Wir teilten ehrlich.

Es war kurz vor halb fünf. Um fünf wollte uns Mutti abholen, wegen dem großen Klapptisch. Uns blieb noch Zeit für zwei Runden über den Flohmarktplatz – Mario eine und ich eine. Einer musste immer bei Tisch und Taschen bleiben.

Mario ging zuerst. Schon nach zehn Minuten kam er zurück mit einem Gesicht wie ein aufgeblendeter Autoscheinwerfer.

«Oh Mann», sagte er und schnaufte vor Begeisterung, «dort hinten verkauft einer seinen Drucker! Einen, der zu meinem Computer passt! Natürlich schon ein älteres Modell und ziemlich dreckig, aber der tut's doch! Und so billig! Hundertsechzig wollte er haben. Ich hab ihn auf hundertachtundvierzigzweiundsiebzig runtergehandelt! Ich hab noch Glück gehabt: Er war gerade dabei, seinen Kram einzuräumen ...»

«Aber wir wollten das Geld doch Mutti geben!», rief ich empört.

Mario seufzte. «Wir haben ja schon das eine Zimmer abgegeben.»

«Meinen Teil kriegt jedenfalls Mutti», knurrte ich.

«Aber mein Teil allein reicht doch nicht», jammerte er. «Kannst du mir nicht wenigstens für ein paar Wochen deinen Teil überlassen? Ich zahl ihn dir nach und nach zurück!»

«Wenn wir hier noch lange quatschen», rief ich, «bleibt mir keine Zeit mehr für meine Runde!»

Ich ließ ihn stehen und lief fort. Er schrie mir verzweifelt nach: «Er wartet aber nur zehn Minuten, dann geht er!»

Er tat mir Leid, aber ich kehrte nicht um. Manch-

mal muss ich mich gegen ihn stark machen. Ich drehte meine Runde. Fast war ich wieder bei ihm, als ich den Thermo-Schlafsack entdeckte. Mein Traum-Modell! Zum Drittel des Ladenpreises – fast neu! Noch dazu in meiner Lieblingsfarbe Grün!
Ich wagte kaum zu atmen.
Aber mein Geld reichte nicht. Ich hätte mir einen Teil von Marios Geld leihen müssen. «Unter den gegebenen Umständen», wie Vati oft sagt, war das unmöglich. Traurig zog ich ab. So eine einmalige Gelegenheit!
Als ich bei Mario ankam, war Mutti schon da und schob den Klapptisch in den Bus. Mario starrte mir erwartungsvoll entgegen.
«Da, Mutti», sagte ich und gab ihr niedergeschlagen meine vierundsiebzig Mark und sechsunddreißig Pfennige. «Für die Raten.»
Auch Mario reichte ihr seinen Teil, sein Gesicht im Schatten.
«Ach Kinder», sagte Mutti gerührt, «behaltet das nur. Für irgendwas, was ihr euch wünscht und wir euch nicht mehr schenken können.»
Wir brüllten beide auf sie ein, fiebernd vor Spannung und Zeitdruck. Es dauerte eine Weile, bevor sie begriffen hatte, worum es ging. Mario brauchte genau das, was wir eingenommen hatten, ich einhundertdreißig Mark.

«Würdet ihr es mir nach und nach zurückzahlen?», fragte sie.
Ja, wir wollten, wir wollten, selbstverständlich, Mutti konnte sich auf uns verlassen! Aber schnell, schnell musste sie es uns geben!
Mario rannte schon vor mir los, «danke!» brüllend. Ich rannte gegen den Seitenspiegel und brach ihn fast ab. Mit einer schwellenden Beule suchte ich nach dem Stand. Auch meine Panik wuchs. Was, wenn ich ihn nicht wiederfand?
Ich fand ihn schließlich. Ich erkannte den Typ hinter dem Tisch wieder, den pickeligen Blonden mit Bart und Pferdeschwanz.
«Den Thermo-Schlafsack!», schrie ich.
Der Pickelige grinste. «Du auch? Den ganzen Tag lag er friedlich da auf dem Tisch, null Interesse. Jetzt, wo hier gleich Schluss ist, sind auf einmal zwei auf ihn scharf. Eben hab ich ihn verkauft. Sorry.»
Langsam kehrte ich zu unserem Bus zurück. Mario war schon da. Er hatte den Drucker-Verkäufer nicht mehr angetroffen.
«Ach ja», sagte Mutti, als sie begriffen hatte, was da passiert war, «es gibt nicht nur Glückszufälle, sondern auch Pechzufälle. Eben habt ihr einen erlebt. Das will auch gelernt sein. Mein herzliches Beileid.»

Mario räumte seinen Schrank halb leer für mich, und ich gab ihm die Hälfte von meinem Regal ab, das ich aus meinem Zimmer mitnehmen musste wegen Süßwurzels Damenschreibtisch. Irgendwie kriegten wir alles unter. Aber als wir fertig waren mit dem Um- und Einräumen und mein Bett an der einen, Marios Bett an der anderen Wand stand, merkten wir, dass es ziemlich eng im Zimmer geworden war.
Schwierig wurde es mit dem Musikprogramm. Wir einigten uns dann darauf, dass wir die Zeit unter uns teilten. Notgedrungen musste ich nun manchmal mit anhören, was Mario mochte, und Mario, was mir gefiel. Aber so einen miesen Geschmack hat Mario nicht, dass man es mit seinem Programm nicht aushalten könnte.
Das gemeinsame Zimmer brachte auch kleine Vorteile, zum Beispiel, dass wir abends noch lange miteinander klönen konnten. Natürlich ganz leise! Mario spann manchmal Gedanken, die mich zum Weiterdenken zwangen. Die geradezu abenteuerlich waren! Zumindest kamen sie mir so vor.
«Einem Virus im Wassertropfen», sagte er mal, «muss doch der Wassertropfen wie ein Weltall vorkommen ...»
Ich dachte weiter, bis ich darauf kam, dass wir Menschen vielleicht auch wie Winzlinge in ei-

nem Wassertropfen sind, und dass also das, was wir für das Weltall ansehen, nur ein lächerliches Etwas in einem viel, viel größeren All ist.
Ich kann mich erinnern, dass mir bei diesem Gedanken ganz kalt wurde. Was hatten wir Menschen denn dann überhaupt noch für eine Wichtigkeit? Vatis und Muttis Arbeitslosigkeit – wen juckte dieses Mini-Mini-Mini-Problemchen?
Ich hörte auf zu denken und kroch für eine Weile zu Mario ins Bett.
«Also das geht zu weit», knurrte Mario. «Zimmer teilen heißt ja nicht auch Bett teilen. Verschwinde, oder ich schmeiß dich raus!»
«Aber mir ist so kalt», jammerte ich.
«Wovon denn kalt?», fragte Mario erstaunt. «Es ist doch geheizt!»
«Ruhe dort drüben!», tönte Mutti aus dem Elternschlafzimmer.
«Soll es einem nicht kalt werden», flüsterte ich Mario empört zu, «wenn das, was man für das Weltall hält, für andere nur Wassertropfengröße hat?»
«Dann denk dich halt aus dem Wassertropfenweltall raus», flüsterte er zurück und drehte mir den Rücken zu.
Ich versuchte es. Da war überhaupt kein Halt mehr. Ich kreiselte durch die Finsternis. Nicht einmal einen Großen Wagen gab's.

Ich schlotterte. Das ganze Bett zitterte!
Da flüsterte Mario ärgerlich: «Blödes Nuckelbaby! Lass mich schlafen!», und legte den Arm um mich.
Das half.

Die Süßwurzel zog ein, und ihr gefiel's bei uns, wie's schien, sehr gut. Aber mir ging sie auf den Keks mit ihrem Gesüße. Und jeden Morgen füllte sie unser Badezimmer mit ihrem Fliedergestank! Jedesmal wenn sie mich an sich drückte und «wie süß!» rief, musste ich an mich halten, nicht nach ihr zu schnappen. Ich durfte gar nicht daran denken, dass diese Person jetzt sozusagen Besitzerin meines Zimmers war!
Aber sie zahlte pünktlich ihre Miete. Allein darauf kam es an. Dafür musste man freundlich sein. Wenn's um Geld geht, darf man manche Gefühle nicht rauslassen.
Was mir die Sache mit meinem Zimmer erträglich machte, war: Es würde ja nicht für immer sein. In einem, spätestens in zwei Jahren würde ich wieder in meiner lieben Bude hausen, und an die Süßwurzel würde ich keinen Gedanken mehr verschwenden. Sie wäre dann längst Vergangenheit.
Inzwischen sind fast zwei Jahre vergangen, und die Süßwurzel ist noch immer da. Sie wird uns

noch bis zum Semesterende mit ihrem Fliederduft beglücken. Dann ist sie mit dem Studium fertig und zieht aus. Aber nicht ich werde dann in mein gutes altes Räumchen ziehen, sondern eine neue Mieterin, auch wieder eine Studentin, eine Freundin der Süßwurzel.
Das macht mir jetzt nicht mehr viel aus. Ich hab mir's ja hier oben gemütlich eingerichtet. Wenn ich wollte, könnte ich mich über den ganzen Dachboden ausbreiten. Es würde niemanden stören.
Eigentlich schade, dass die Süßwurzel geht. Ich hab mich inzwischen mit ihr abgefunden. Bei unseren Geburtstagen feiert sie mit, wenn sie in die Semesterzeit fallen. Und in Musiktheorie macht sie mir meistens die Aufgaben. Davon versteht sie 'ne Menge, weil sie Musik als zweites Fach studiert.
Die Süßwurzel hat gesagt, die Neue ist sehr, sehr nett. Vielleicht hat sie das nur gesagt, um uns den Abschied zu versüßen. Aber mir ist es ziemlich egal, wie die Neue sein wird. Ich bin ja hier oben.

7 Vor den Tagen, an denen Vati aufs Arbeitsamt gehen musste, hatten wir Angst. Mutti versuchte zwar, ihn vorher aufzubauen mit: «Vielleicht haben sie heute was für dich – es könnte doch sein!» oder: «Vielleicht sitzt dir heute nicht diese abgebrühte Schreckschraube gegenüber, sondern jemand Netterer, vielleicht jemand, der sich noch in andere hineinversetzen kann ...»

Aber die Schreckschraube thronte nach wie vor hinter ihrem Schreibtisch und ließ Vati noch nicht einmal ausreden – wenn er überhaupt den Mund aufmachte.

Nur Vati hatte sie mit eigenen Augen gesehen. Aber durch seine Beschreibungen kannten wir sie alle, diese Blöde-Frau-Rottendorf. Mutti, Mario, ich – jeder von uns sah natürlich eine andere Frau Rottendorf in seiner Vorstellung, auf jeden Fall aber eine verkniffene, eingebildete, ja erbarmungslose, gefühllose, gleichgültige, kurz: rundherum unsympathische.

Vati bekam einen Umschulungskurs angeboten: Industriekaufmann. Aber er konnte keinen Sinn darin sehen, denn es gab, wie er feststellte, auch arbeitslose Industriekaufleute. Außerdem war er für eine freie Industriekaufmannsstelle ebenfalls zu alt.

«Als ich das der Schreckschraube sagte», erzählte er, «antwortete sie, wenn ich mich den Maßnahmen des Arbeitsamtes nicht anpassen wolle, dann müsse ich eben Arbeit akzeptieren, die weit unter meinem Niveau liege. Aber nicht einmal so was gibt es für einen in meinem Alter, solange so viele Jüngere vor jedem freiwerdenden Arbeitsplatz Schlange stehen!»

Einmal bin ich mit Angela an so einem Tag ganz nahe am Arbeitsamt vorbeigegangen. Ich sah einen Mann die Eingangstreppe herunterkommen. Er ging vorgebeugt, mit gesenktem Kopf, und alles an ihm hing irgendwie schlapp herunter. Weil er einen Hut aufhatte, konnte ich sein Gesicht nicht sehen.

Er musste auch Angela aufgefallen sein. Denn sie stieß mich an und flüsterte mir zu: «Schau dir mal den da an, der gerade runterkommt. Sieht aus wie fix und fertig.»

Ich schaute genauer hin. Da sah ich, dass es Vati war.

Noch heute schäme ich mich: Ich hab Angela an der Hand gepackt und bin mit ihr fortgerannt. Hinter der nächsten Ecke bin ich stehen geblieben und hab so geheult, dass ich kaum sprechen konnte. Erst nach einer ganzen Weile hat Angela kapiert, was los war. Denn sie hatte Vati auch nicht erkannt, obwohl sie doch oft bei uns ist. Sie hat mir ein Tempo gegeben und mich getröstet, und dann hat sie gesagt: «Jetzt gehst du besser heim zu ihm.»

Da bin ich heimgegangen. Zum Glück hatte er mich vor dem Arbeitsamt nicht gesehen.

Manchmal, wenn ich damals nicht einschlafen konnte, hab ich mir vorgestellt, was ich mit der Schreckschraube – so hieß sie bei uns nur noch – anstellen würde, wenn ich könnte, wie ich wollte. Zum Beispiel so was:

Ich lauerte ihr abends in ihrer Garage auf, hielt ihr, als sie aus ihrem Wagen stieg, Marios Taschenmesser an die Kehle und keuchte ihr ins Ohr: «Wenn du mir nicht sofort versprichst, meinem Vater, Joachim Müller, einen Arbeitsplatz zu verschaffen, ziehe ich dir das Messer durch die Kehle!»

Sie verzog ihr Gesicht zu einem hässlichen Grinsen und sagte mit schriller Stimme: «Es gibt in meinem Bereich keine freie Buchhalterstelle!»

Das war nicht etwa ein Traum, wie man ihn träumt, wenn man schläft und sich das Geträumte einfach gefallen lassen muss, weil man sich nicht aussuchen kann, was man träumt. Ich stellte mir einen solchen Überfall in wachem Zustand vor! Ich glaube, man nennt so was Tagtraum. Mir wurde zwar gleich danach klar, dass dieser Erpressungsversuch für Vati keine Hilfe bedeutet hätte. Aber die Schreckschraube in Angst zu versetzen tat mir wohl.

Ich kam gar nicht mehr los von solchen Träumen. Ich entführte ihr Kind – ich weiß gar nicht, ob sie eins hat! – und ließ es erst frei, als Vati wieder Buchhalter sein konnte. Ich sperrte sie und ihren Chef in ihrem Büro ein und gab den beiden so lange nichts zu essen und zu trinken, bis sie mir hoch und heilig versprachen, Vati wieder zu einem Arbeitsplatz zu verhelfen. Ich umstellte als General das Arbeitsamt mit einem großen Heer, holte die Schreckschraube aus dem Bau und ließ sie von einem Schnellgericht zum Tod verurteilen. Ich lachte, als sie um ihr Leben bettelte.

Da hatte ich sie so weit, wie ich sie haben wollte: Nur dann würde sie begnadigt werden, wenn sie meinem Vater – und so weiter.

Es machte mir richtig Spaß, brutal zu sein. Was war ich in diesen Tagträumen für ein Monster! Manchmal erschrak ich vor mir selber.

Aber als Vati wieder einmal so einen Arbeitsamtbesuch bei der Schreckschraube hinter sich hatte und wir beim Mittagessen gemeinsam

über sie herzogen, sagte er müde: «Lasst sie. Wer weiß, wie *wir* wären – nach vielen Jahren in diesem Job. Wenn man sich da nicht hart macht, dreht man durch, fürchte ich. Vielleicht ist sie privat ganz umgänglich. Eine gute Nachbarin ...»
Nach dem Essen ging er hinaus in den Garten, obwohl er in der Küche dran war.
«Vati –», rief ich ihm nach. «Die Küche!»
Er drehte sich nicht um, ging weiter, als sei er taub. Als ich eine Weile später durchs Küchenfenster in den Garten schaute, sah ich ihn auf dem Gartenstuhl unter der Trauerweide sitzen, obwohl es ziemlich windig und schon sehr kühl war. Er hatte die Augen geschlossen, und mit jedem Windstoß wirbelte das bunte Laub um ihn. Ein paar Blätter blieben auf ihm liegen. Er war sicher der einzige Mensch in unserem Viertel, der an diesem Oktoberabend im Garten saß.
«Mutti», sagte ich beklommen, «schau mal raus –»
Sie warf einen langen Blick durchs Fenster, sagte aber nichts.
Danach, als sie die Spülmaschine weiter ausräumte, machte sie ein Getöse mit Töpfen und Pfannen, dass Vati es sicher bis unter seine Trauerweide hören konnte.
Aber vielleicht wollte er ja gar nichts hören.

Mutti musste das Taschengeld um die Hälfte kürzen.
Noch mehr sparen! Ich schluckte, als sie damit herausrückte. Mario nahm's leichter. Er hatte nämlich einen Plan, wie er dieses «Defizit» – er benutzt gern solche großartigen Wörter – ausgleichen konnte. Und ich mit ihm.
Hunde ausführen!
Wir gingen von Haus zu Haus und fragten. Einen ganzen Nachmittag lang. Resultat: fünf Hunde. Ein sechster stand in Aussicht. Wir teilten sie geschwisterlich. Ich nahm die kleinen, Mario die großen. Vier Mark die Stunde. Bei dreien täglich, bei zweien dreimal pro Woche, bei einem nur samstags-sonntags.
«Wahnsinn», sagte Mario. «Das ist ja ein richtiges Dienstleistungsunternehmen. Wir sind Unternehmer! Und Mutti und Vati sind arbeitslos ...»
Aber das sagte er ganz leise. Er wollte Vati und Mutti ja nicht wehtun.
Arbeitslos – eigentlich ein ganz falsches Wort. Man brauchte sich nur Mutti anzusehen. Die hatte mehr als genug zu tun: Täglich kümmerte sie sich mindestens zwei Stunden um ihre Oldies, freitags noch viel länger, weil sie sie dann badete und sich um ihre Wäsche kümmerte. Dazu kamen zweimal wöchentlich die Volks-

hochschulkurse. Das waren die bezahlten Arbeiten.
Aber dann war da ja noch unser Haushalt. Auch wenn Vati und wir mithalfen, machte sie die meiste Arbeit. Und abends saß sie seit kurzem am Wohnzimmertisch und schrieb Briefe an alle Freunde, Verwandten und Bekannten: Sie bat sie, die Augen offenzuhalten wegen einem Arbeitsplatz für sie oder Vati, vor allem aber für Vati.
Ich sah, wie Vati müde abwinkte und sagte: «Das bringt doch nichts.»
«Man muss viele Eisen im Feuer haben», sagte sie mit ihrem energischsten Gesicht.
«Aber nicht, wenn das Feuer aus ist», seufzte er. «Jedenfalls fast.»
«Manchmal macht's ein Zufall», murmelte sie und schrieb weiter.

Ich erzählte Mutti von Konrads, Momos Adoptiveltern. Da ging sie mit mir hin. Ich wunderte mich. Früher wäre Mutti auf Frau Konrads Hilfsangebot nicht so schnell eingegangen. Früher hätte Mutti gesagt: «Wir schaffen es schon irgendwie allein.»
Momos Mutter war sehr lieb und behutsam und versprach, ihrerseits unter ihren Freunden und Bekannten herumzufragen. Die Buchhal-

tung mache sie selber, denn auch in ihrem Büro laufe es nicht mehr so gut wie noch vor ein paar Jahren.
«Kann ich Ihnen vielleicht mit noch sehr gut erhaltener Kinderkleidung helfen?», fragte sie.
«Annegret ist ja unsere Jüngste. Die Kinder wachsen so schnell aus ihren Sachen. Was unseren beiden Jungen zu klein wird, dürfte Ihrem Sohn gerade passen. Und Beate, unsere Ältere –»
«Danke», sagte Mutti und schluckte. Sie sah mich an. Mir fiel sofort Laura ein. Ich schüttelte den Kopf.
«Sie sehen», sagte Mutti zu Momos Mutter, «wir sind noch nicht so weit.»
Momo begleitete Mutti und mich noch bis zur nächsten Kreuzung.
«Komm doch morgen Nachmittag zu mir», sagte sie. «Da gehen wir zusammen ins Wellenbad – ja?»
«Geht nicht», antwortete ich. «Morgen hab ich Hunde.»
Momo wusste, was das hieß. Sie war ja meine Freundin. «Ich geh mit», sagte sie.
Da freute ich mich. Mit Momo würde es nicht so langweilig sein.
Kaum war ich mit Mutti wieder allein, sagte sie: «Hast du vorhin an die Sache mit Laura gedacht?»

Ich nickte. Laura. Wie sie gekichert hatte!
«Laura hat nur das nachgeplappert, was sie von ihren Eltern gehört hat», meinte Mutti. «Ich an deiner Stelle würde nicht viel auf die Meinung solcher Leute geben. Die sind noch von gestern. Die haben noch gar nicht mitgekriegt, wie schnell sich die Zeiten ändern. Gerade jetzt. Ich möchte wetten, man wird bald auch hier in unserem Land wieder sehr viel mehr auf gegenseitige Hilfe angewiesen sein.»
«Du meinst, wir sollten die Sachen von Momos Geschwistern –»
Mutti unterbrach mich: «Ich will dich, um Gottes willen, nicht dazu überreden. Das ist ganz deine und Marios Sache. Aber ich meine, es wird Zeit, dass man sich von solchen blöden Vorurteilen freimacht. Warum soll man denn tadellos erhaltene, geschmackvolle, modische, saubere Kleidung nur deswegen nicht tragen wollen, weil sie schon jemand anderer getragen hat? Das ist doch absurd!»
Ich musste ihr Recht geben.
«Aber in der Klasse denken viele so wie Laura», sagte ich.
Mutti nickte. «Ich weiß. Man möchte doch dazugehören. Man möchte kein Außenseiter sein.»
«Ja», sagte ich. «Davor haben alle Angst.»
«Außenseiter sein ist schwer. Kaum zum Aushal-

ten. Dazu muss man schon ganz schön stark sein. Aber wenn man die Meinung der anderen für falsch hält, wenn man sie einfach nicht teilen kann, muss man sich dazu entschließen, mit der eigenen Meinung allein zu stehen. Sonst könnte man sich ja selber nicht mehr im Spiegel anschauen, verstehst du?»
Das verstand ich.
«Es geht oft um viel Wichtigeres als um gebrauchte Kleidung», sagte Mutti weiter. «Zum Beispiel dann, wenn ein Ausländer nur deswegen, weil er Ausländer ist, von den anderen schlecht gemacht wird. Oder wenn Kinder ein Kind, dessen Vater oder Mutter mal im Gefängnis war, ausgrenzen.»
«Oder ein Kind, bei dem daheim sehr gespart werden muss», sagte ich.
«Da muss man zu denen halten», sagte Mutti, «die zu Außenseitern gemacht wurden. Oder man muss sich, wenn man selber Außenseiter geworden ist, mit anderen Außenseitern zusammentun. Da fühlt man sich stärker. Es gab viele berühmte Außenseiter in der Geschichte der Menschen, die viel Gutes taten. Die waren so stark, ganz allein den Weg zu gehen, den sie für richtig hielten. Die dachten: Rutscht mir doch den Buckel runter!»
Es tat richtig gut, dieses Gespräch mit Mutti.

Meistens hat sie ja keine Zeit für lange Gespräche, weil sie immer auf Trab ist.
Ich sprach mit Mario, und am nächsten Tag sagte ich Momo, dass wir's uns mit den Kleidern überlegt hätten. Ja, wir würden sie gern nehmen.
«Ich verrate auch nichts», versprach Momo.
«Von mir aus kannst du's ruhig allen sagen», antwortete ich – vielleicht ein bisschen lauter als nötig. Aber, um ehrlich zu sein: Es war mir doch ganz recht, dass sie nichts sagte.

Mutti war mit den Nerven manchmal ziemlich fertig. Kein Wunder. Die Pflege der beiden alten Männer war nicht einfach. Ich hab sie ein paar Mal begleitet, als sie hinfuhr. Beide rochen nach Pipi, so oft ihnen Mutti auch frisches Unterzeug bereitlegte. Dafür konnten sie nichts. Die Blase war halt nicht mehr so ganz fit. Aber Schuld oder Nichtschuld – igitt war's trotzdem. Da musste man sich ganz schön zusammennehmen, um sich nichts anmerken zu lassen.
Den einen mochte Mutti sehr. Der war immer so lieb und entschuldigte sich dauernd. Aber der andere war auch im Kopf nicht mehr ganz klar. Er bildete sich ein, dass Mutti ihn beklaute.
Als ich mal mit dort war, kam er uns ganz aufgeregt entgegen.

«Frau Müller», mümmelte er empört, «warum haben Sie mein Gebiss mitgenommen?»
«Ihr Gebiss?», fragte Mutti verblüfft. «Ich hab doch Ihr Gebiss nicht mitgenommen! Was sollte ich damit? Ich hab noch meine eigenen Zähne!»
«Wegen dem Goldzahn!» rief er. «Das ist doch klar! Der hat doch seinen Wert!»
Mit in die Wohnung durfte ich nie. «Das würde die alten Herrschaften stören», meinte Mutti.
Ich wartete also im Treppenhaus. Der Nette holte mich manchmal rein und schenkte mir ein paar Pralinen. Der andere aber wollte niemanden außer Mutti in der Wohnung haben.
Ich lauschte an der Tür, sobald sie hinter Mutti ins Schloss gefallen war.
«Ich will mein Gebiss zurück!», hörte ich ihn weinerlich grummeln. «Auf der Stelle! Oder ich rufe die Polizei –»
«Jetzt halten Sie erst mal still», sagte Mutti mit der ruhigsten Stimme der Welt, «bis ich Ihnen den Rücken eingerieben habe, Herr Petzold. Danach gehen wir mal gemeinsam auf die Suche nach Ihrem Gebiss, okay?»
Ich konnte mir vorstellen, dass dieser Alte in Mutti auch so was Ähnliches wie eine Schreckschraube sah.
Eine Weile später hörte ich erstaunte Rufe, die

nicht von Mutti stammten, danach war keine Rede mehr vom Gebiss.

«Und wo war's?», fragte ich gespannt, als Mutti wieder rauskam.

«Im Abfallkorb im Badezimmer», seufzte sie.

«Hat er sich entschuldigt?»

Nein, das tat er nie. Als er mal seine Brille nicht fand, hat er sogar in Muttis Handtasche herumgewühlt.

«Da muss man schon manchmal an sich halten», sagte Mutti und seufzte geräuschvoll, «und muss sich immer wieder einhämmern: Er kann nichts dafür, das liegt am Alter.»

Aber da war noch etwas. Das kostete Mutti viel mehr Nerven als die Pflege der alten Herren und die Angst um unser Haus.

Das war mir klar geworden, nachdem ich ein Gespräch zwischen ihr und Angelas Mutter mitgehört hatte. Angelas Mutter hatte, wie so oft, für eine halbe Stunde «mal hereingeschaut», und während ich im Wohnzimmer mit meinen Hausaufgaben zugange gewesen war, hatten die beiden Frauen in der Küche gesessen und zusammen Kaffee getrunken. Vati war gerade drüben bei Kupschs gewesen.

«Er kommt einfach nicht damit klar, arbeitslos zu sein», hatte Mutti gesagt. «Er hält sich für ei-

nen Versager. Ich versuche immer wieder, ihm das auszureden, aber es greift nicht. Er ist so unbeweglich!»
Ich hatte begriffen, dass da von Vati die Rede gewesen war. Da war mir so beklommen zumute gewesen.
Und weiter hatte Mutti gesagt: «Ich hab so Angst um ihn. Er wird immer stiller. Das ist kein gutes Zeichen. Er frisst den ganzen Kummer in sich hinein. Wenn er mir nur nicht schwermütig wird ...»
Ich hatte mich nun noch beklommener gefühlt. Schwermütig? Das musste eine Art Krankheit sein.
Als Mutti und Angelas Mutter dann aus der Küche kamen, fragte Mutti, als sie mich im Wohnzimmer sah, erschrocken: «Hast du die ganze Zeit hier gesessen?»
«Klar», sagte ich. «Meine Aufgaben mach ich doch immer hier, seit ich das Zimmer nicht mehr hab.»
Da sagte sie nichts mehr und begleitete Angelas Mutter hinaus.
Am nächsten Tag hab ich mit Angela darüber gesprochen. Mit ihr spreche ich über fast alles. Angela meinte: «Schwermut hat mit Hoffnung zu tun. Mit Null-Hoffnung.»
Ja, das war mir auch aufgefallen: Vati hatte sich

in den letzten Wochen verändert. Sehr sogar. Anfangs, nach der Kündigung, ja noch während der ganzen Sommerferien, war er so hektisch gewesen, immerzu unterwegs auf Arbeitssuche, hatte sich zu Hause kaum sehen lassen.
Jetzt war er fast immer zu Hause, saß vor dem Fernseher, blätterte in der Zeitung, las in Büchern, löste Kreuzworträtsel. Auf Marios Frage, warum er denn nicht mehr so viel unterwegs sei, hatte er geantwortet: «Es hat ja alles keinen Zweck.» Und auf Frau Lerkers Frage, wie seine Chancen auf dem Arbeitsamt stünden, hatte er nur geknurrt: «Aussichtslos.»
Er schien recht zu haben. Denn Mutti hatte auf ihre vielen Briefe auch nur *Leider-nein-* und *Vielleicht-später-* und *Tut-uns-leid-*Antworten bekommen – wenn überhaupt.

8 Wieder waren Mario und ich zu einem Geburtstag eingeladen, diesmal in der Verwandtschaft. Boris, unser Cousin, wurde vier Jahre alt. Boris hat keine Geschwister, und

was er will, das kriegt er. Seine ganze Kindergartengruppe durfte er einladen. Ich kam mir unter dem Kroppzeug fast wie eine Oma vor, und ich sah Mario an, dass er auch nicht sehr glücklich war.
Ehrlich gesagt: Es war grässlich. Ein einziges Getobe und Geschrei. Ute hatte ein großartiges Büffet aufgebaut und Unmengen von Luftballons zum Aufblasen und Zerknallen bereitgelegt. Auch Konfetti zum Herumwerfen. Und ein paar große Hüpfbälle.
Aber daraus wurde nur Lärm und Gewühle. Eine Scheibe der Vitrine ging zu Bruch, ein paar Kinder heulten und wollten heim, und Ute rief Otto zu: «Ein Alptraum! Für alles gibt's Firmen, die ihren Service anbieten. Nur dafür nicht!»
Wir verabschiedeten uns ziemlich zeitig.
«Wir müssen noch Schulaufgaben machen», log Mario für mich mit. «Vielen Dank auch. Es war sehr schön.»
«Schön?», klagte Ute, und sie tat uns richtig leid. «Es war ein Chaos! Mit so was ist unsereiner doch völlig überfordert!»
Auf dem Heimweg sprach Mario kaum. Er war mit seinen Gedanken ganz woanders. Und er ging immer schneller.
«Mach doch langsam!», rief ich ihm zu. Ich trug ja die Tasche mit den Kuchen- und Torten-

stücken, die Ute uns «für die Eltern» mitgegeben hatte.
Mario marschierte stumm weiter. Ich rannte ihm nach, hielt ihn fest und schüttelte ihn. «He!», rief ich. «Was ist los mit dir?»
«Ich bin eben auf eine Lücke gestoßen», sagte er. «Eine Marktlücke. Ich muss sie erst durchdenken. Wenn sie brauchbar ist, lass ich's dich wissen.»
Daheim überließ er es mir, von diesem Chaosgeburtstag zu berichten. Gleich nach dem Abendessen verschwand er nach oben. Ich ging ihm nach, denn im Wohnzimmer wollte Mutti mit Vati irgendeine Liste durchgehen. Aber er ließ mich nicht ins Zimmer. Er flüsterte nur durch die geschlossene Tür: «Ich muss dringend ungestört nachdenken. Kannst du nicht für zwei oder drei Stunden woanders –»
«Gib mir wenigstens das Buch von meinem Nachttisch», sagte ich.
Er reichte es mir heraus, bedankte sich knapp und schloss die Tür.
Da stand ich nun. Mein eigenes Zimmer gehörte jetzt der blöden Süßwurzel. Im Elternschlafzimmer würde mindestens Vati bald auftauchen. Die Garage war zu kalt, der Dachboden auch, der Keller ebenfalls. Scheißnovember! Scheiß-MÖBEL-KEUTZ! Scheißkonjunkturflaute – was immer das war!

Ich klopfte noch einmal an Marios Tür und rief:
«Gib mir meine Steppdecke raus!»
Mario knurrte was, warf die Decke raus und schloss die Tür mit einem Knall.
«Musst du in den nächsten zwei Stunden ins Bad?», fragte ich. «Dann geh sofort. Ich besetze es nämlich.»
Er musste. Danach machte ich's mir in der Badewanne bequem und las. Aber immer wieder schweiften meine Gedanken ab. Wie man's auch sah: Unsere Lage war beschissen. Noch sieben Wochen bis zum Beginn des neuen Jahres, und keine Änderung in Sicht. Weniger Freundinnen, weniger Zeit, weniger Geld, weniger Platz, weniger Lust. Alles hatte sich geändert seit dem Montag im Juni, zum Schlechten hin. Und das war erst der Anfang.
Sogar die Muster auf den Wandkacheln fand ich scheußlich.
Vati klopfte. Ich stieg aus der Wanne. Aber Vati sagte: «Bleib nur. Ich gehe auf die Gästetoilette.»
Seine Schritte verklangen treppabwärts. Lieber, guter Vati. Was das wohl für eine Liste war?
Schon wieder in der Badewanne, hörte ich Vati im Schlafzimmer verschwinden. Und dann wurde ich selber so müde, so müde ...
Plötzlich fuhr ich hoch. Im ersten Augenblick

wusste ich gar nicht, wo ich war. Es klopfte. Wo klopfte es?
«Ich bin's, Mario!», tönte es leise.
«Hast du Durchfall?», fragte ich missgelaunt.
«Ich muss nicht», flüsterte Mario. «Aber ich hab was mit dir zu besprechen!»
Im Nu war ich aus der Wanne und in Marios Zimmer. Mario zog leise die Tür zu und legte einen Finger vor den Mund. Ich winkte ungeduldig ab. Es war doch klar, dass das ein Flüstergespräch sein musste!
«Mach's nicht so spannend», flüsterte ich.
«Ich glaub, ich hab einen Job für Vati», flüsterte er zurück. «Und für Mutti dazu!»
Ich seufzte. Was würde es schon sein. Nichts für die Wirklichkeit. Mario hatte schon oft Job-Ideen gehabt. Alle hatten sich als nicht brauchbar erwiesen.
«Ein Kinderparty-Service», sagte Mario. Seine Augen funkelten. «Mit einem Programm, das für jede einzelne Party besonders angerichtet –»
«– ausgerichtet», verbesserte ich.
«Hingerichtet, hergerichtet, eingerichtet», sagte er ungehalten, «ist doch egal. Also: Da kommt's aufs Alter an und darauf, weshalb gefeiert wird. Und wer mit dabei ist. Und ob's teuer sein darf oder billig sein muss. Und auf die Jahreszeit –»
Ich dachte nach. Keine dumme Idee. Vati könn-

te Kasperletheater spielen für Kleine, für Große, für Gemischte. Dabei wäre er nicht zu schlagen. Vielleicht könnte er auch zaubern lernen? Er hatte doch so geschickte Finger. Es musste ja nicht gleich eine zersägte Jungfrau sein! Und die Buchführung des Betriebs und überhaupt alles, was mit Geld zu tun hätte, wie Rechnungen schreiben und dergleichen, wäre auch Vatis Sache. Mutti würde das Programm zusammenstellen. Denn sie sprüht vor Ideen. Und sie würde auf den Partys für die nötige Stimmung sorgen.
«Im Organisieren ist sie auch groß», sagte Mario. «Und sie kann so gut mit Leuten verhandeln. Sie ist nicht so zurückhaltend wie Vati –»
«Und wir könnten doch auch mithelfen, du und ich», rief ich.
«Leise!», fauchte Mario.
«Wir könnten Programm-Ideen entwickeln.»
«Ein Superteam!», juchzte Mario.
«Leise!», flüsterte ich. «Vati darf noch nichts davon erfahren, bis die Idee richtig gar ist!» (Das ist ein Ausdruck, den Vati oft benutzt.)
«Wie dein Gesicht glüht!», grinste Mario.
«Und deines erst!», rief ich.
«Nicht so laut!», zischte Mario.
Plötzlich kam mir ein schlimmer Gedanke.
«Geht nicht», sagte ich traurig. «Um so eine Firma zu gründen, braucht man doch ein Startka-

pital. Hast du Vati nicht darüber reden hören? Wir haben keins.»

«Hältst du mich für blöd?», fragte Mario. «Ich vergess doch nicht das Startkapital! Aber wir haben ja schon fast alles, was wir dazu brauchen würden: einen VW-Bus, um das Zeug zu transportieren. Ein Kasperletheater mit Klappbühne und zwölf Figuren. Wenn wir noch mehr brauchen, machen wir die selber. Ich weiß, wie das geht. Aus Papiermaché. Im Bastelkurs haben wir mal solche Figuren gemacht.»

«Meinst du den Räuber, der dann anfing zu schimmeln?»

Mario nickte. «Ich hab zu viel Kleister genommen. Und ich hab den Kopf nicht lange genug getrocknet. Beim nächsten Mal würde ich natürlich weniger Kleister nehmen und die Köpfe länger trocknen lassen.» Er räusperte sich. «Was brauchen wir noch? Muttis Korb mit den Hüten und alten Klamotten lässt sich immer kostenlos auffüllen. Mutti hat eine Gitarre und eine Menge Klimperzeug. Wir könnten doch jetzt schon solche Partys starten! Höchstens ein paar Konfettipäckchen müssten wir kaufen. Aber die kämen hinterher auf die Rechnung.»

«Vati müsste ein Zauberkostüm haben», gab ich zu bedenken.

Mario winkte ab: «Das näht ihm Mutti.»
«Und einen Zauberkasten braucht er, wo das ganze Zauberzeug drin ist. Mit einer genauen Anleitung.»
Mario dachte nach. «Der könnte doch unser Weihnachtsgeschenk für ihn sein», meinte er. «Wenn wir noch ein paar Hunde dazunehmen, schaffen wir's! Mehr als hundert Mark wird so was ja wohl nicht kosten. Und auch wenn wir uns den Zauberkasten nicht leisten könnten – Vati kann ja statt Zaubern was anderes machen. Zum Beispiel die Partykinder bis an die Decke stemmen. Das kostet gar nichts.»
«Vielleicht haben wir irgendwelche Ausgaben vergessen», fiel mir ein. «Zum Beispiel könnten die Räume Geld kosten.»
«Die meisten Eltern werden die Party in ihren eigenen Räumen feiern wollen», sagte Mario. «Und wenn nicht, können wir zwar Räume für sie anmieten. Aber die Miete müssen sie selber zahlen.»
Wir kamen überein, erst nur Mutti einzuweihen. Die sprang schneller auf gute Ideen an und schaffte es, andere zu begeistern. Gelang es uns, Mutti auf unsere Seite zu bringen, konnten wir gemeinsam mit ihr Vati für die Idee erwärmen.
Wir schlichen uns die Treppe hinunter ins Wohnzimmer, wo Mutti noch Briefe schrieb, obwohl es

schon zehn war. Erstaunt schaute sie auf. «Ihr schlaft noch nicht?»
«Es hat uns ja noch niemand Gute Nacht gesagt.»
«War Vati nicht bei euch?»
«Schon drei Abende nicht mehr.»
Mutti schüttelte den Kopf, und mir fielen die dunklen Ränder unter ihren Augen auf. Ich musste an schwarze Löcher denken.
«Ab in die Betten», sagte Mutti munter. «Ich mach nur noch schnell den Brief fertig, dann setz' ich mich für eine Viertelstunde zu euch. Morgen ist ja Sonntag, da könnt ihr ausschlafen.»
«Wir müssen aber *hier* mit dir sprechen», sagte Mario. «Oben könnte uns Vati hören.»
«Was ich höre, kann auch Vati hören», antwortete Mutti mit einer Falte zwischen den Augen.
«Es ist nichts gegen Vati», sagte ich. «Es ist etwas für ihn. Wir wollen aber erst mal nur deine Meinung dazu hören.»
«Also schießt los», seufzte sie und lehnte sich zurück.
Voller Begeisterung sprudelten wir beide los. Mutti musste sich sogar ein Spuckebläschen aus dem Auge wischen. Aber noch bevor sie die näheren Einzelheiten zu hören bekam, schüttelte sie den Kopf und winkte ab.

«Gibt's schon», sagte sie trocken. «Erst kürzlich hab ich eine Sendung über solche Kinderparty-Service-Firmen im Fernsehen gesehen. Eure Idee ist klasse. Aber sie kommt zu spät.»
Damit beugte sie sich wieder über den Brief, und ich und Mario tappten mit langen Gesichtern die Treppe hinauf.

9 Damals im November – das war eine ganz schlimme Zeit, nicht nur für Vati und Mutti, sondern auch für mich und Mario, obwohl der sich nicht so viel anmerken lässt.
Vor allem machte es mich halb wahnsinnig, dass ich keinen Platz für mich allein hatte. Mit dem Zimmerteilen, das klappte doch nicht so, wie Mario und ich uns das vorgestellt hatten. Wenn ich nachmittags mit Angela oder Momo Marios Zimmer haben wollte, saß meistens schon Ismail bei Mario vor dem Computer.
«Ich weiß, ich weiß», sagte dann Mario hastig, «es ist deine Zimmerzeit. Aber könntet ihr nicht noch ein Stündchen irgendwo anders unterkom-

men, bis wir hier fertig sind? Wir stecken nämlich gerade in was ganz, ganz Wichtigem. Dafür könnt ihr nachher eine Stunde länger drinbleiben. Einverstanden?»
Also gut, für so was hat man Verständnis. Angela und ich verzogen uns in Richtung Wohnzimmer. Dort aber ließ sich Mutti gerade von der Süßwurzel ein paar neue Gitarrengriffe zeigen.
«Also hier könnt ihr nicht rein», rief uns Mutti entgegen. «Das geht jetzt nicht.»
«Aber wo sollen wir denn hin!», rief ich gereizt. «Marios Zimmer ist auch nicht frei!»
«Verzieht euch mal so lange runter in die Hobbywerkstatt», sagte Mutti, während sie sich über die Gitarre beugte.
Ich sah ihr an, dass sie uns schon aus ihren Gedanken hatte fallen lassen. Abgehakt.
Also hinunter in den Keller. Als ich unten durch die Türscheibe der Hobbywerkstatt spähte, sah ich Vati vor der Werkbank sitzen. Er stützte, umrahmt von Bohrmaschine, Zangen und Schraubenziehern, die Ellbogen auf die Arbeitsplatte und den Kopf in die Hände und starrte ins Leere.
Nein, da wollte ich jetzt auch nicht stören.
In die Garage? Die war so ungemütlich, leer und kühl. Nicht mal einen Tisch gab's da. Und hätten wir den Klapptisch aus der Hobbywerkstatt

geholt, hätten wir nicht vermeiden können, Vati zu stören. Was tun? Wir wollten doch zusammen Aufgaben machen. Vor allem die Zeichnungen für Kunst. Die ließen sich nicht auf dem Schoß erledigen.
«Vielleicht hat Elvira die Gitarrengriffe inzwischen aufgeschrieben», meinte Angela. «Dann würden wir im Wohnzimmer nicht mehr so sehr stören ...»
«Was für ein Zustand», sagte ich wütend. «Ein ganzes Haus, und nirgends Platz für uns!»
«Wir können's ja noch in Küche, Bad, Schlafzimmer und auf dem Dachboden probieren», sagte Angela lachend.
«Küche geht nicht», knurrte ich. «Der Küchentisch ist vollgetürmt mit schmutzigem Geschirr. Bad und Schlafzimmer haben keinen Tisch, und der Dachboden ist zu kalt.»
Zurück ins Wohnzimmer. Als ich die Wohnzimmertür aufmachte und Mutti uns ungehalten entgegenrief: «Ihr seid ja schon wieder da!», explodierte ich.
«Wenn ich das gewusst hätte», schrie ich – Angela erzählte mir später, ich hätte einen knallroten Kopf gehabt! –, «dann hätte ich mein Zimmer nicht hergegeben! Ich pfeif auf das Haus! Ich pfeif auf den Garten! Von mir aus können wir ruhig wieder in die Hegelstraße zurückzie-

hen. Dort hatte ich wenigstens ein Zimmer für mich!»

Ich riss den handgetöpferten und handbemalten Tonkrug mit dem verstaubten Trockenblumenstrauß, ein Geschenk von Ute, von der Konsole und schmetterte ihn auf den Boden. Es tat einen gewaltigen Schlag, und die Scherben spritzten weit.

Das half.

Mario kam heruntergestürzt, gefolgt von Ismail, und wollte wissen, was passiert war. Vati kam aus dem Keller herauf und streckte besorgt den Kopf ins Wohnzimmer. Und die Süßwurzel stand auf, legte die Gitarre beiseite und sagte traurig: «Ich glaube, es ist besser, ich ziehe aus.»

Ich war selber überrascht von der Wirkung meines Gebrülls und der Krugzertrümmerung: Noch wochenlang behandelte mich meine Familie wie ein rohes Ei, und wenn ich das Zimmer brauchte, gab Mario es sofort frei, auch wenn er gerade mit Ismail am Computern war.

«Du hättest doch zu mir in die Hobbywerkstatt kommen können», sagte Vati, als er mir am Abend des Explosionstages ganz besonders lieb gute Nacht sagte.

Ich verriet ihm nicht, dass ich das ja auch vorgehabt hatte, aber bei seinem Anblick wieder umgekehrt war.

Die Süßwurzel wollte tatsächlich ausziehen. Wir baten sie, wir alle vier, doch zu bleiben. Da ließ sie sich überreden. Sie war ja so gern bei uns.

Mutti hatte es geschafft, Vati wieder zu aktivieren. Sie hatte ihm eine lange Liste zusammengestellt, was alles in Haus und Garten zu tun war. In der Küche musste die Wand über den Kacheln neu gestrichen werden. Der Flur brauchte eine neue Tapete, der Gartenzaun einen neuen Anstrich, eine Schublade im Wohnzimmerschrank klemmte, in der Garage wartete ein großes Wandregal auf einen neuen Anstrich. Mutti hatte es auf dem Sperrmüll entdeckt und, wie Vati immer sagte, an Land gezogen. Vom Sperrmüll stammte auch der Schrank für den Keller. Aus Massivholz, wie Vati festgestellt hatte. Den sollte er beizen.
«Damit, dass du diese Arbeiten übernimmst, sparen wir auch Geld», hatte ich Mutti zu Vati sagen hören.
Nun stand Vati morgens wieder mit uns auf und verschwand in der Garage oder auf dem Dachboden, noch bevor wir mit dem Frühstück fertig waren. Mittags tauchte er eine Weile zum Essen auf, dann war er wieder verschwunden. Erst abends erschien er ohne Farbspritzer im Gesicht und ohne Holzstaub auf seinem Overall

im Wohnzimmer. Frisch geduscht und frisch gescheitelt.

Ich half ihm manchmal, wenn ich zwischen dem Hundeausführen und den Hausaufgaben ein bisschen Zeit hatte. Ich reichte ihm Nägel und Schrauben zu, pinselte mit, kehrte die Sägespäne weg.

Einmal sagte ich zu ihm: «Plag dich doch nicht so ab. Du musst ja nicht alles bis gestern fertig kriegen.»

Vati zeigte auf Muttis Liste, auf der er schon einige Arbeiten abgehakt hatte. Ich las sie durch und sagte vorwurfsvoll: «So viel? Was hat sie sich dabei gedacht? Du bist doch kein Sklave!»

«Lass nur», sagte er ruhig, «sie hat sich ja extra bemüht, die Liste lang zu kriegen. Damit ich keine Zeit finde, an die Sache zu denken.»

Die Sache, das war seine Arbeitslosigkeit. Ich, Mario, Vati, Mutti – wir alle nannten sie inzwischen nur «die Sache» und wussten, was damit gemeint war. Nur die Süßwurzel guckte dumm, wenn von «der Sache» die Rede war. Aber sie verstand ja so vieles nicht, zum Beispiel, warum wir, Mario und ich, so oft nach Hund rochen, obwohl es in unserem Haus keinen Hund gab.

Angelas Mutter kam jetzt mindestens einmal pro Woche und blieb den ganzen Abend da. Sie und Mutti bastelten und handarbeiteten für Weih-

nachten. Dabei erzählten sie sich viel, und Mutti lachte oft schallend. Es war eine Lust, sie zu hören.
«Jochen geht's auch schon viel besser», hörte ich sie zu Angelas Mutter sagen. «Er ist so eifrig am Werkeln! Eine ganze Liste von Handwerksarbeiten, die schon lange anstanden, hat er sich jetzt vorgenommen.»
Von wegen!, dachte ich. Die Liste stammt von dir!

Einmal, als Mutti schon gute Nacht gesagt hatte und hinausgegangen war, flüsterte Mario aus seinem Bett herüber: «Elin?»
Ich fuhr hoch. Marios Stimme klang nach einer Neuigkeit.
«Ich geb noch nicht auf», sagte er. «Ich kann's einfach nicht glauben, dass wir mit unserer Idee zu spät gekommen sind!»
Ich wusste sofort, wovon er sprach. «Aber Mutti hat's doch aus dem Fernsehen», gab ich zu bedenken.
«Mag ja sein», meinte Mario, «dass es schon viele solcher Firmen gibt. In Berlin und Hamburg und Frankfurt und den anderen ganz großen Städten. Aber hier bei uns hab ich noch nie was von so einem Kinderparty-Service gehört.»
«Warum haben wir eigentlich nicht gleich nach-

geschaut, als Mutti das gesagt hat?», fragte ich. «Wir sind wirklich Deppen!»

«Wo hätten wir denn nachschauen sollen?», fragte Mario.

«Du bist ein Doppel-Depp», sagte ich. «In den Gelben Seiten natürlich!»

Gleich am nächsten Morgen holte ich die Gelben Seiten heimlich ins Zimmer herauf. Bäuchlings auf dem Teppich liegend blätterten wir hastig. Ein Blatt rissen wir vor Aufregung fast ab. Wir suchten unter P (Partyservice), aber da ging's ganz offensichtlich nur um Essbares. Unter K (Kinderfest, Kinderparty) fanden wir nichts. Unter U (Unterhaltungsunternehmen) stand nur ein einziger Name. Mario schrieb sich die Telefonnummer auf, die bei diesem Namen stand.

Dann mussten wir hinunter zum Frühstück und von dort in die Schule. Aber kaum waren wir mittags wieder daheim, suchten wir weiter. Mario kam auf die Idee, die Zeitungen der letzten Woche durchzublättern. Ihm ging es um die Seite, auf der das Kino-, Theater- und Konzertprogramm abgedruckt war und die Ankündigungen von Zirkusvorstellungen und Volkshochschulkursen, von Museumsveranstaltungen und Ausstellungen standen.

Auch da fand sich nichts. Aber ich geriet zufällig

in die Kleinanzeigen und wurde unter der Rubrik VERMISCHTES fündig: Ich entdeckte die Anzeigen von zwei «Alleinunterhaltern», die ihr Programm anboten.
Ich erschrak und dachte: Da sind sie, die uns zuvorgekommen sind.
Aber als ich Mario diese Kleinanzeigen zeigte, sagte der: «Erst mal sehen, was das für Typen sind», und schrieb sich auch die Alleinunterhalter-Telefonnummern auf.
«Vielleicht solltest du mal im Rathaus Auskunft einholen», meinte ich. «Die haben dort sicher ein Amt, das über so was Bescheid weiß.»
Als wir auch die Nummer der Stadtverwaltung notiert hatten, machten wir uns auf den Weg zum nächsten Telefonhäuschen, zwei Blocks weiter.
«Wir gehen Hundeausführen!», rief Mario Mutti zu, und schon sausten wir weg. Unsere «Recherchen» – das ist ein Wort, das Marios Geschichtslehrer oft braucht – sollten ja vorerst geheim bleiben, bis wir mit Beweisen auftrumpfen konnten.
Und das erfuhren wir: Das Unterhaltungsunternehmen und die beiden Alleinunterhalter kümmerten sich nur um Erwachsene. Der eine der beiden Alleinunterhalter hatte gar nicht mal fertig zugehört, der hatte einfach aufgelegt! Wahr-

scheinlich war er überzeugt gewesen, Kinder an der Strippe zu haben, die ihn verulken wollten. Der andere hatte gesagt: «Für Kinder? Da ist zu wenig Profit drin. Wer will denn schon für Kinder viel ausgeben?»

Auch von der Stadtverwaltung bekamen wir eine Auskunft, aber erst nachdem wir vom ersten Büro an ein zweites und von dem an ein drittes weiterverbunden worden waren: «Nein, so was gibt es in unserer Stadt noch nicht. Wenn ja, müssten wir das wissen.»

«Aha!» – Wir sahen uns ganz happy an, den Telefonhörer zwischen uns.

«Dann ist das ja wohl eine Marktlücke – oder?», sagte Mario ganz cool ins Telefon.

Ich hörte ein fernes Gelächter, und dann: «Ganz sicher, das ist es, bis ein findiger Unternehmertyp draufkommt!»

«Danke», sagte ich, und Mario legte auf.

«Jetzt nichts wie heim», rief ich. «Mutti wird staunen!»

«Nein», sagte Mario. «Es genügt nicht, wenn sie weiß, daß es hier noch keinen Kinderparty-Service gibt. Wir müssen ihr auch beweisen können, dass man so einen Service in unserer Stadt *braucht!*»

«Wie willst du das denn anstellen?», fragte ich etwas verunsichert.

«Adressen sammeln», sagte Mario. «Adressen von

Leuten sammeln, die so einen Service begrüßen würden.»

«Du meinst, wir sollten von Haus zu Haus gehen und fragen?»

Mario nickte. «Zum Beispiel beim Hundeausführen.»

10

Es ging anfangs ziemlich langsam mit dem Adressensammeln. Mario hatte Adressenlisten vorbereitet mit Einteilungen für Namen, Straße, Telefonnummer. Aber vorher musste man ja erst mal herumfragen, wo in der Straße, die man gerade abklapperte, überhaupt Familien mit Kindern wohnten. Viele Paare hatten keine Kinder, und es gab eine Menge alter Leute, deren Kinder schon längst erwachsen waren.

Und wenn man nun eine Familie mit Kindern gefunden hatte – wie lange musste man erst erklären, bis die Leute kapierten, worum es ging! Viele stellten tausend Fragen, auch solche, die gar nichts mit der Sache zu tun hatten. Und im-

mer wieder wurde gefragt, wie viel denn so ein Kinderparty-Programm kosten würde. Aber darauf konnten wir natürlich noch keine genaue Antwort geben.
Manche Leute waren unfreundlich und machten die Tür gleich wieder zu. Andere schüttelten die Köpfe: «Nee. Machen wir selber.» Wieder andere sagten: «Würden wir gern. Wenn's nichts kosten würde. Wir sind auch unseren Job los und müssen mit dem Pfennig rechnen. Jedenfalls ist das 'ne tolle Idee. Wir drücken euch die Daumen.»
Aber wir gerieten auch an Leute, die sofort «anbissen», wie Mario das nannte.
«So einen Service hab ich mir schon lange gewünscht», sagte eine Frau mit drei Kindern. «Und ich kenne noch andere Familien, die ein Kinderfest-Gestalterteam lebhaft begrüßen würden. Kommt doch übermorgen noch einmal vorbei, dann kann ich euch mehr Adressen geben.»
Ein Vater, der auch großes Interesse zeigte, begleitete uns bis ans Gartentor und sagte: «Also ihr wollt euren Eltern die Marktlücke zu Weihnachten schenken? Hundert Adressen mindestens? Ein großartiger Einfall! Das ist ein Geschenk, wie's kaum ein zweites gibt. Da steckt Liebe und Mühe dahinter. Euren Eltern kann man zu ihren Kindern gratulieren …»
Ja, Mühe machte das alles schon. Und die Hun-

de waren dabei so lästig, weil sie bellten und hierhin und dahin zerrten und kaum zu halten waren, wenn sie in den Häusern und Wohnungen anderen Hunden begegneten.
Aber noch nie hatte ich in so kurzer Zeit so viele verschiedene Menschen kennengelernt und so selbständig mit ihnen verhandelt. Das machte Spaß! Und es machte stolz!
«Kinderfest-Gestalterteam» – wie das klang. Wahnsinn!
Am ersten Abend hatten wir nur zwei Interessenten-Adressen bekommen. Am zweiten Abend waren es insgesamt schon sechs, am Ende der ersten Woche bereits dreiundzwanzig. Denn inzwischen sammelten schon mehrere Familien mit.
In der darauf folgenden Woche gingen wir getrennt Adressen sammeln. Und wir waren auch nach dem Hundeausführen noch unterwegs!
«Wo seid ihr nur immerzu?», fragte Mutti ab und zu vorwurfsvoll.
«In der Vorweihnachtszeit soll man nicht so viel fragen», antwortete Mario, und ich fügte hinzu: «Du kannst dich darauf verlassen, dass wir nichts tun, was du nicht erlauben würdest.»
Darauf verließ sich Mutti.

Am zweiten Adventwochenende setzten wir uns noch einmal auf den Flohmarkt, diesmal mit

selbstgebastelten Kerzenhaltern, Fensterbildern und kleinen Adventgestecken. Die Kerzenhalter hatte Vati gedrechselt, die Fensterbilder hatte Mario geschnitten und geklebt. Ich hatte aus Nüssen, kleinen Fichten- und Mistelzweigen, Faltsternen und roten Schleifchen die kleinen Gestecke als Tischschmuck angefertigt.
Und Mutti hatte noch fünf Paar selbstgehäkelte Topflappen beigesteuert.
Es kam nicht viel dabei heraus: Sechs Kerzenhalter, zwei Fensterbilder und fünf Gestecke wurden wir los. Dafür standen oder saßen wir sieben Stunden in der Kälte, Mario und ich, immer abwechselnd, damit wir uns zwischendurch im Kaufhaus aufwärmen konnten. Von Muttis Topflappen konnten wir kein einziges Paar loswerden. Die waren den Leuten zu teuer. Nur wenn Mutti eine Mark Stundenlohn berechnet hätte, wären sie abzusetzen gewesen.
Obwohl sie so schön waren. Aber auf jedem Basar, jedem Flohmarkt werden Topflappen angeboten. Jeder Haushalt ist schon auf Jahre hinaus mit Topflappen versorgt. Mutti hätte sich etwas Originelleres einfallen lassen müssen.
Eben eine Marktlücke. Jedenfalls haben wir dabei eine Menge über Angebot und Nachfrage gelernt. Einem grünen Thermo-Schlafsack begegnete ich nicht. Und Mario nicht seinem Drucker.

Trotzdem wurde dieser Flohmarkt für uns doch noch sehr lohnend. Denn an einem anderen Stand, gar nicht weit von unserem Klapptisch entfernt, an dem ein junges Paar, wie's schien, sein gesamtes Spielzeug aus der Kinderzeit zu verscherbeln versuchte, wurde ein großer Zauberkasten angeboten, der noch wie neu war.
«Den hat mir mal mein Großvater geschenkt, als ich elf Jahre alt war», erzählte der junge Mann lachend. «Aber ich hab mich nicht dafür interessiert. Ich hätte auch nicht gewusst, vor wem ich hätte zaubern sollen. Opa hat mir ja kein Publikum mit dazugeschenkt. Und ich war damals so schüchtern …»
Mario schaute ganz genau nach, ob nichts fehlte. Denn im Deckel klebte eine Liste der Sachen, die der Zauberkasten enthielt. Es fehlte nichts. Auch nicht das Anleitungsheftchen.
«Und ich kann euch versichern», sagte der junge Mann, «dass mir mein Opa nie irgendeinen billigen Ramsch kaufte. Sogar Spielzeug musste bei ihm immer von allererster Qualität sein. Da hat er nicht geknausert.»
Angeblich hatte der Kasten mal hundertneunundsechzigneunzig gekostet. Vor zehn oder fünfzehn Jahren! Da wäre er doch jetzt noch viel teurer!
Der junge Mann wollte nur neunundvierzigneun-

zig dafür haben. Das war ein echtes Schnäppchen
– und genau das Richtige für Vati!
Und das Geld, das wir auf dem letzten Flohmarkt
eingenommen hatten, war noch nicht ausgegeben. Allerdings hatten wir's zu Hause. Aber das
ließ sich ja holen.
Mario sah mich an, und ich ihn. Mein Herz
pochte wie wild.
«Ich glaube», flüsterte er, «wir sollten ihn kaufen. Denn was da im Anleitungsheftchen gezeigt
wird, ist kein Kleinkinderhokuspokus. Das sind
gute Nummern, die machen was her!»
Ich nickte.
Wir machten eine Anzahlung, und der junge
Mann verstaute den Kasten in seinem Wagen,
bis Mario von daheim – aus dem Versteck hinter
einem Wandbild in seinem Zimmer – den nötigen Rest geholt hatte. Ich passte inzwischen auf
unseren eigenen Stand auf.
Als wir heimkehrten, lenkte ich Mutti in der
Küche ab, während Mario mit dem Kasten, der
groß und sperrig war und jedem auffallen musste, treppauf in sein Zimmer sauste und ihn versteckte.
«Keine Topflappen losgeworden?», seufzte Mutti. «Mit Handarbeiten und Bastelkram ist also
kein Geld zu verdienen. Auf dieser Welle versuchen schon zu viele zu reiten.»

«Wir haben nicht viel eingenommen», sagte ich. «Könnten wir's vielleicht wieder behalten? Weil jetzt bald Weihnachten ist, und wir möchten euch doch was schenken, wie immer ...»
Mutti winkte ab. Ich atmete erleichtert auf. Das Thema war erledigt. Ich musste grinsen. Wir waren noch nie so wohlhabend gewesen wie jetzt, Mario und ich: durch das Flohmarktgeld. Und durch das Hundegeld, das langsam mehr und mehr wurde. Trotzdem mussten wir jede Mark zweimal umdrehen. Denn wir mussten ja auf die Klassenfahrten zusparen. Von Vati und Mutti konnten wir nur einen Beitrag erwarten.
«Träumst du, Elin?», rief Mutti mit enormer Lautstärke. «Ich hab gesagt: Ruf Mario zum Abendessen runter!»
Als ich in Marios Zimmer kam, flüsterte er mir entgegen: «Entdeckst du den Kasten?»
Ich brauchte eine Weile, bis ich ihn fand. Er lag ganz hinten auf dem Kleiderschrank, zugedeckt mit Zeitungen. Davor hatte Mario eine lange Reihe Bücher hingebaut.
«Mutti müsste knapp unter der Zimmerdecke herumfliegen, wenn er ihr ins Auge fallen sollte», meinte er.

In Marios Zimmer mitschlafen, im Winter, macht wirklich keinen Spaß. Im letzten Februar, also vor

drei Monaten, hatte ich wieder mal das, was Mario «Elins Zimmerkrise» nennt.
Natürlich poche ich jetzt darauf, dass er mir das Zimmer überlässt, wenn ich es brauche. Das tut er – seit damals, als ich so ausgeflippt bin. Trotzdem – *sein* Zimmer ist nicht *mein* Zimmer. In seinem Zimmer hängen ganz andere Poster als in meiner Bude. Und es riecht ganz anders als es riechen würde, wenn es mein Zimmer wäre. Und überhaupt – allein schon zu wissen: Das ist nicht mein Zimmer! macht einen großen Unterschied.
Ich frage mich manchmal, wie Omi Lotte das ausgehalten hat: nie ein eigenes Zimmer zu haben. Sie hatte noch vier Geschwister. Sie und ihre zwei Schwestern hatten zusammen ein Zimmer, die beiden Brüder zusammen ein anderes. Sie hat mir mal erzählt, damit sei sie noch gut drangewesen zu ihrer Jugendzeit. Denn es habe damals auch in Deutschland Familien gegeben, die hätten sich alle zusammen Tag und Nacht im selben Raum aufgehalten, weil sie – außer dem Klohäuschen – nur einen einzigen besaßen. Dass die nicht wahnsinnig geworden sind!
Omi Lotte hatte noch nicht einmal nach ihrer Heirat ein eigenes Zimmer. Tagsüber war sie im Wohnzimmer, nachts im Schlafzimmer mit Opi Willi zusammen. Nur während er auf dem

Markt Obst verkaufte, hatte sie die Wohnung allein. Aber auch nur, solange Mutti und ihre jüngere Schwester Annemie noch nicht da waren. Annemie ist dann ja gestorben. Sonst hätte Mutti ihr Zimmer, das vorher die Speisekammer gewesen war, nicht allein gehabt. Erst als Mutti fünfzehn war, sind ihre Eltern in eine größere Wohnung umgezogen.
Ja, im Sommer bin ich gut drauf, da hab ich hier oben meine Bude. Aber im Winter, im Winter! Mutti hat gesagt, wenn wir erst die Raten abbezahlt haben, wird alles besser, dann können wir aufatmen, dann bekommst du dein Zimmer zurück.
Aber dann bin ich längst erwachsen und vielleicht gar nicht mehr da – was ich mir noch nicht vorstellen kann: ohne Mutti. Ohne Vati! Dann hab ich vielleicht schon eine eigene Wohnung, ganz für mich allein – oder?
Vati hat gesagt, wenn die Zeiten so mager bleiben wie jetzt, werden die Alten und die Jungen wieder zusammenziehen müssen, um die Mieten aufbringen zu können.
Vielleicht finde auch ich später keine Arbeit? Dann werde ich hier weiter wohnen müssen, vielleicht sogar mit meinem Mann. Aber bis dahin hat mir Vati sicher längst meine Dachbodenbude mit Styropor-Platten ausgeschlagen,

damit die Wärme nicht rauskann, und eine Nachtspeicherheizung drin eingerichet.
Eigentlich hatte er das schon im letzten Sommer vor. Er plant ja, den ganzen Dachboden auszubauen, nach und nach – irgendwann. Aber es bleibt ihm so wenig Zeit. Deshalb mag ich ihn nicht immerzu dran erinnern. Ismail hat gesagt, in zwei oder drei Jahren wird er sicher auch schon elektrische Leitungen verlegen können. Da könnte er Vati helfen.
Aber es geht dabei nicht nur um die Zeit, sondern auch ums Geld. Styropor-Platten und Nachtspeichergerät kriegt man ja nicht umsonst.
Wenn meine Bude erst mal heizbar ist, ja dann –! Daran versuche ich zu denken, davon versuche ich zu träumen, wenn ich merke, dass ich wieder mal «die Zimmerkrise» bekomme. Aber manchmal kriege ich mich nicht in den Griff. Dann heule ich bei jedem Dreck und knurre alle an, die mir in die Quere kommen, und werde ungerecht gegen Mutti und Vati und Mario und vor allem die Süßwurzel.
Angelas Mutter hat gesagt, es sei leicht, sich ans Gutgehen zu gewöhnen. Aber aus dem Gutgehen wieder hinunterzumüssen ins Bescheidenere, das täte weh.
Ismail hat auch kein eigenes Zimmer. Er sagt, das ist bei ihnen nicht drin. Er hat mit seinem älte-

ren Bruder zusammen ein Zimmer. Wenn ich ihn frage, wie er das aushält, zuckt er mit den Achseln. Er ist es nicht anders gewöhnt, darum fehlt ihm nichts. Ich glaube, er versteht gar nicht, was ich meine.
Angelas Mutter hat recht: Es tut weh.

11

Vati hatte Muttis Liste abgearbeitet, alles war getan. Und nun schlief er endlich mal richtig aus. Das heißt, er stand – außer zu den Mahlzeiten – kaum mehr auf. Das war man von ihm gar nicht gewohnt.
«Kannst du nicht heute Abend mal mit uns spielen?» fragte ich.
«Ich bin so müde», antwortete er. «Vielleicht fühle ich mich morgen Abend besser.»
Aber am nächsten Abend schüttelte er nur den Kopf, als ihn diesmal Mario fragte, und verschwand gleich nach dem Abendessen wieder ins Schlafzimmer.
Mutti versuchte mich und Mario zu beruhigen. «Er ist eben von der vielen Arbeit und den Sor-

gen erschöpft. Ist das denn so verwunderlich?»
«Es passt gar nicht zu ihm», sagte ich.
Mutti zuckte nur mit den Schultern, aber man konnte ihr ansehen, dass sie verstört war.
«Und ich glaube, er hat sich heute Morgen gar nicht mehr rasiert», sagte Mario.
«Das kann nicht sein», murmelte Mutti und verschwand in der Küche, wo sie ein Getöse veranstaltete.

Am nächsten Abend versuchte sie alles Menschenmögliche, um Vati aufzumuntern.
«Ich hätte solche Lust», rief sie Vati zu, «heute Abend mal ein paar Dias anzuschauen. Von der letzten Norwegenreise!»
«Ich auch!», rief Mario.
«Ich auch, Vati», sagte ich. «Das haben wir schon lange nicht mehr!»
Ich sah mir diese Dias wirklich gern an. Denn was man darauf sah, war so schön fremd und geheimnisvoll. Vati und Mutti hatten die Norwegen- und Italienreisen ja gemacht, als Mario und ich noch gar nicht dagewesen waren. Jedes Jahr eine Reise mit Rucksack und Schlafsack, abwechselnd nach Norwegen und Italien. Vati konnte so schön davon erzählen, und Mutti lachte sich dabei halb tot, wenn sie von Vati an witzige Episoden erinnert wurde.

«Du weißt doch, wo die Dias sind, Doris», sagte Vati leise, «und die Leinwand.»
Er erhob sich schwerfällig. Ich sah ihm bang ins Gesicht. Ja, er war wirklich nicht rasiert, jetzt schon zwei Tage nicht mehr.
«Mario, mach Vati die Türen auf», rief Mutti hoffnungsvoll.
«Wozu?», fragte Vati und wandte sich zur Tür.
«Holst du nicht den Projektor?», fragte Mutti bang.
«Nein», murmelte Vati. «Schaut euch mal allein die Dias an. Ich bin müde.»
«Aber das macht doch keinen Spaß ohne dich!», rief ich.
«Denk an die Nacht bei der Ziegenherde», sagte Mutti und zog ihn von der Tür wieder zurück zum Tisch. «Als die alte Geiß deinen Schlafsack angeknabbert hat. Denk an unsere Hütte auf der Insel, als wir uns nicht mehr erinnern konnten, welches Datum wir hatten. Und dann die Wanderung bei Narvik durch das Geröll, als dich die Biene in die Nase stach!»
Ich erinnerte mich: Zu diesem Schwellnasen-Dia hatte Vati immer eine witzige Geschichte zu erzählen gehabt.
«Oder hast du mehr Lust auf eine Italienreise?», fragte Mutti hastig. «Vielleicht die auf den Ätna?»

Vati schüttelte den Kopf, löste sich sanft von Mutti und verschwand. Mutti verschwand auch – in die Küche. Mario starrte mich an, und ich musste an Vatis schwarze Löcher denken. In der Küche klirrte es: Dort war etwas Gläsernes zu Bruch gegangen.

Auch ich hatte in diesen Tagen mit einer miesen Laune zu kämpfen. Noch eine Woche bis zum Heiligen Abend. Wenn nicht «die Sache» passiert wäre, hätte ich mir den Thermo-Schlafsack gewünscht. Einen, der auch bei zehn Grad minus noch warm hält. So einen, wie Mario schon hatte. Genau so einen wünschte auch ich mir. Denn auch ich träumte von solchen Reisen, wie Vati und Mutti sie gemacht hatten. Und Natalies großer Bruder war in den Ferien auch immer unterwegs. Das letzte Mal war er durch Lappland gewandert, zusammen mit Christines Bruder. Nachts schliefen sie in ihren Schlafsäcken.
Ich hatte noch immer diesen popeligen Kinderschlafsack, der nur im Sommer und im Zelt zu benutzen war. Ach, so einen Thermoschlafsack haben, einen Marken-Thermo-Schlafsack – ein Traum!
Aber den konnte ich mir erst einmal abschminken. Und auch Mario würde den Drucker, den er sich so heiß wünschte, nicht bekommen. Er

würde seine Texte weiterhin durch Vatis Drucker laufen lassen müssen. Er würde sogar froh sein müssen, wenn Vati nicht eines Tages seinen Computer verkaufen musste, um die Abzahlungsrate aufzubringen.
Ja, auch Mario war in diesen Tagen mies gelaunt. Ein netter Junge aus der Nachbarklasse, mit dem er sich angefreundet hatte, wollte nichts mehr mit ihm zu tun haben.
«Du hast nie Zeit», hatte er Mario vorgeworfen.
Der war niedergeschlagen heimgekommen.
«Er hat ja Recht», sagte er traurig zu mir. «Fast jeden Nachmittag sind wir unterwegs mit den Hunden, Adressen sammeln.»
«Hast du ihm das nicht erklärt?»
«Hab ich. Aber er hat gesagt, wenn ich die Freundschaft nicht wichtiger als alles andere finde, bin ich nicht der richtige Freund für ihn.»
«Der denkt nur an sich, der Typ!», sagte ich entrüstet. «Wenn ihm die Freundschaft so wichtig ist, hätte er sagen müssen: Ich helf dir. Angela hat uns beim Adressensammeln ja auch zwei Nachmittage geholfen. Pfeif auf ihn!»
Das leuchtete Mario ein. Er pfiff auf ihn, und seine Laune besserte sich wieder.

Aber insgesamt waren es trübe Tage, trotz der siebenundneunzig Adressen, die wir schon zu-

sammenhatten, und trotz des Zauberkastens auf dem Schrank. Die Adventszeit war in den früheren Jahren immer eine richtige Vati-Zeit gewesen. Da hatte er mit mir und Mario gebastelt und gespielt und, wenn es geschneit hatte, im Garten mit uns Schneemänner gebaut und eine Rutschbahn angelegt und lange Wanderungen am Fluss entlang gemacht, am liebsten bei Raureif. Er hatte Mario mathematische Tricks verraten und mit mir Silbenrätsel ausgedacht, die Mutti dann lösen musste. Und die vielen Memory-, Schach- und Halma-Abende!
Jetzt aber war er kaum ansprechbar und blieb die meiste Zeit des Tages im Bett. Nicht einmal um seinen Küchendienst kümmerte er sich mehr. Und nie mehr kniff er das Auge zu.
«Vielleicht sollten wir doch schon vorher mit den Adressen rausrücken», meinte ich am dritten Abend vor Weihnachten, als wir, schon in den Betten, noch miteinander flüsterten. «Damit es Vati wieder besser geht.»
«Aber wir wollten doch zweihundert Adressen zusammenkriegen», antwortete Mario. «Vielleicht sogar noch mehr, je nachdem, wie viele Momos Mutter und die Frau in der Lortzingstraße und deine Lehrerin noch sammeln. Es bleiben ja nur noch drei Tage.»
Ich ließ mich überzeugen. Der Heilige Abend

war ja schließlich *der* Abend der Überraschungen. Wenn wir mit unserem «Hoffnungspaket» – dazu gehörten die Kinderparty-Service-Idee, die Adressen und der Zauberkasten – schon vorher rausrückten, was bliebe dann noch für den Heiligen Abend? Nein, diese drei Tage musste Vati noch durchhalten, damit alles schön abgerundet war.

«Hast du schon einen Weihnachtsbaum besorgt?», fragte Mutti Vati am nächsten Morgen beim Frühstück.
Vatis Blick kam langsam aus irgendeiner Ferne zurück und richtete sich auf sie.
«Weihnachtsbaum?», fragte er.
«Übermorgen ist der vierundzwanzigste Dezember, Jochen», sagte Mutti so ruhig, dass ich richtig spüren konnte, wie ärgerlich sie war. «Die besten Bäume werden längst weg sein. Bitte schau dich heute nach einem um. Und hier ist auch eine Liste mit Arbeiten, die noch vor dem Heiligen Abend erledigt werden müssen. Ich schaffe nicht alles allein.»
Vati nickte. Dann mussten wir gehen, es war schon höchste Zeit. Letzter Schultag vor den Weihnachtsferien.
Als ich zu Mittag heimkam, ließ sich Vati nicht sehen, und Mutti war gerade am Staubsaugen.

«Steh nicht rum, sondern hilf mir!», herrschte sie mich an. «Ich weiß nicht, wo mir der Kopf steht vor Arbeit. Den ganzen Vormittag hab ich Plätzchen gebacken. Heute Nachmittag: Wäsche bügeln, bei den alten Herren vorbeischauen, einen Weihnachtsbaum besorgen, Einkauf im Supermarkt –»
«Hat Vati den Baum nicht besorgt?», fragte ich erstaunt.
Mutti schüttelte den Kopf und beugte sich unter den Tisch.
«Er ist so anders geworden», sagte ich bang.
«Man ändert sich im Lauf seines Lebens», murmelte Mutti. «Du. Ich. Vati. Alle.»
«Aber er schläft ja nur noch», klagte ich. «Dabei schnarcht er gar nicht mehr!»
Mutti drehte sich mit einem Ruck um und starrte mich an.
«Das hat er sich abgewöhnt», sagte sie ruhig.
Und wieder kam es mir vor, als kochte es in ihr.
Dann kam Mario aus der Schule. Mutti schickte ihn hinauf zu Vati. Er solle herunterkommen zum Mittagessen. Aber Mario kam ohne ihn zurück: Vati habe keinen Appetit.

Als Mutti während des Mittagessens gerade auf einen Sprung in der Küche war, konnte ich Mario zuflüstern, dass mir die Lehrerin vierzehn

Adressen gegeben hatte, mit der Aussicht, dass noch ein paar dazukämen. Mario stieß einen leisen Pfiff aus und schwang die Faust mit hochgerecktem Daumen.
«Was ist los?», fragte Mutti, als sie mit einer Schüssel voll dampfender Salzkartoffeln aus der Küche kam.
«Ich hab den Nachtisch gekostet», sagte Mario. «Einsame Spitze, Mutti, wirklich!»
«Wenigstens *ein* Lichtblick», seufzte sie. «Wenn der Nachtisch nur gut ist, ist ja alles andere nicht mehr so schlimm ...»
«Was ist denn so schlimm?», fragte ich.
Mutti winkte nur ab und verschwand in der Küche.
Mario hatte Küchendienst. Ich half ihm freiwillig beim Abtrocknen, denn wir mussten ja wieder Hunde ausführen. Und wir wollten noch möglichst viele Adressen kriegen. An diesem Nachmittag sollte ich auch bei der Frau in der Lortzingstraße vorbeikommen, weil sie mir noch Adressen geben wollte. Die Lortzingstraße war gar nicht so nahe, mindestens zwanzig Minuten hin und zwanzig zurück –
«Könntet *ihr* nicht den Weihnachtsbaum – ?», fragte Mutti, den Kopf im Besenschrank.
Mario donnerte den Kochtopf, den er gerade abtrocknete, auf die Kochplatte und schrie: «Was

denn noch alles! Wir wissen so schon kaum, wie wir alles schaffen sollen! Jetzt reicht's!»
Mutti tauchte aus dem Besenschrank auf und starrte Mario entsetzt an. Ich war auch stumm vor Schreck.
Mario brach in Tränen aus und schluchzte: «Ich brauch keinen Weihnachtsbaum! Soll ihn doch holen, wer ihn braucht!»
«O Mario», sagte Mutti und zog ihn an sich, «das hab ich nicht gewollt. Entschuldige.»
«Mir tut's auch leid», schluchzte Mario, «dass ich dich so angebrüllt hab. Mir ist die Sicherung durchgeknallt –»
«Das passiert mir ja auch manchmal», tröstete ihn Mutti.
«Wir werden einen Baum schon herkriegen», sagte ich und räumte Marios Kochtopf in den Schrank. «Wenn nicht heute – da ist es wirklich eng – dann morgen.»
«Zwölf Mark», antwortete Mutti. «Höchstens. Mehr können wir uns nicht leisten.»
Mario grinste unter Tränen: «Dafür kriegste nur ein Krepierchen, Mutti.»
Das war ein Ausdruck von Omi Lotte. Den hatte sie oft gebraucht: Alle Kümmerlinge, ganz egal, ob es sich um Pflanzen, Tiere oder Menschen handelte, waren für sie «Krepierchen» gewesen.

«Macht nichts», sagte Mutti. «Sucht eben das schönste Krepierchen aus!»
Sie gab mir hastig zwölf Mark, stürzte dann in ihren Mantel – und schon war sie weg. In der Garage sprang der Bus an. Sein Gebrumm entfernte sich.
«Ich brauche jedenfalls einen Weihnachtsbaum», sagte ich.
«Ich ja auch», seufzte Mario.

Wir schafften es doch, noch an diesem Tag einen Weihnachtsbaum zu besorgen. Denn auf dem Heimweg waren wir zufällig an einem Lieferwagen vorbeigekommen, der vor einem Haus stand. Ein Mann in Gummistiefeln und Windjacke verkaufte Bäume von der Ladefläche herunter.
Kurz vor dem Abendessen kamen wir heim mit einer Fichte, die einsvierzig hoch war. Wir hatten sie nach zähem Feilschen für zehn Mark gekriegt, weil sie zwar schön gerade und symmetrisch gewachsen, aber auf der einen Seite zu flach war.
«Diese Seite drehen wir einfach zur Wand», erklärte Mario.
«Die hätte ich auch genommen», sagte Mutti, gab uns das Zweimarkstück zurück, bedankte sich und knallte uns beiden je einen Kuss auf die Wange. «Wenn ich euch nicht hätte!»

Ich hätte in diesem Augenblick am liebsten losgejubelt: «In der Lortzingstraße hab ich achtzehn Adressen gekriegt! Jetzt haben wir schon einhundertsechsundachtzig zusammen, ohne die von Momos Mutter und ohne die, die meine Lehrerin vielleicht noch bekommt!»
Aber ich sagte nur: «Drei Hunde haben wir heute zum letzten Mal vor Weihnachten ausgeführt. Für die Pudel habe ich außer dem Lohn noch ein Extra-Trinkgeld bekommen.»
«Und der Besitzer von dem Terrier», berichtete Mario, «war auch nicht kleinlich: Lohn plus eine Tafel Schokolade!»
Vati kam zum Abendessen runter, aber er aß nicht viel und sagte kein einziges Wort. Nur einmal strich er mir übers Haar. Bei solchen Gelegenheiten kniff er sonst immer das Auge zu, was ich so mag. Aber jetzt: nichts.
Da hatte ich Mühe, nicht zu weinen.

In dieser Nacht machte mir wieder die Schreckschraube zu schaffen, obwohl sie inzwischen für Vati gar nicht mehr zuständig war. Eine große Tür ging auf, und sie erschien in ihrer ganzen Größe, schaute sich um und rief ein paar Mal: «Einhundertneununddreißig!» Dann schaute sie auf mich, und ich schnitt ihr eine Grimasse.
Da ging die Tür wieder zu, sie war nicht mehr

zu sehen. Aber plötzlich öffnete sich die Tür noch einmal. Nicht ganz, sondern nur einen breiten Spalt. Darin erschien, mit dem Hals auf dem Boden, ein Kopf – Vatis Kopf! Sein Gesicht lächelte, aber irgendwie traurig. Ich wollte zu ihm hin, doch da stürzte alles, die Tür, der Kopf und ich, in ein tiefes, schwarzes Loch.
Nassgeschwitzt fuhr ich hoch, knipste meine Nachttischlampe an und weckte Mario.
Ich erzählte ihm diesen Traum, der so grässlich war, dass ich ihn nie, nie, nie in meinem Leben vergessen werde, und flüsterte ihm zu: «Ich glaube, wir sollten Mutti doch schon vorher einweihen. Denn Vati ist so komisch. Als ob er hinter einer dicken Scheibe ist und nichts hört. Man muss immer erst an diese Scheibe klopfen, bevor er merkt, dass er gemeint ist. Und dann dauert's noch, bis er begreift, worum es geht.»
«Ja», sagte Mario schlaftrunken, «es ist so, als ob er mit der Welt – mit der Welt nichts mehr zu tun haben wollte ...»
«Wenn wir's ihr morgen sagen», flüsterte ich, «bleibt ihr noch ein ganzer Tag, um darüber nachzudenken, wie wir wieder Leben in Vati reinkriegen. Wie wir ihn für den Party-Service erwärmen können.»
«Mehr als erwärmen», sagte Mario. «Begeistern!»

«Pst!», flüsterte ich erschrocken. «Das hören die drüben!»
«Also morgen mittag», flüsterte Mario zurück. «Und nicht ohne mich! Ich hatte schließlich die Idee ...»
Nimm dich nicht so wichtig, dachte ich. Darauf kommt's doch wirklich nicht an.
In solchen Dingen ist Mario so eigen, dass er mich damit manchmal wütend macht.

12

Der nächste Vormittag war voller Stress: einige der Hunde waren noch auszuführen. Mutti musste die alten Herren versorgen, und sie schmückte noch schnell ein paar Fichtenzweige, die sie aus unserer eigenen Hecke geschnitten hatte. Die wollte sie ihnen mitbringen. Mario machte nach dem Hundeausführen noch eine Runde Adressensammeln, hörte aber bald auf, weil so gut wie niemand Zeit für ihn hatte: So knapp vor Weihnachten stehen fast alle unter Stress. Und ich ging bei meiner Lehrerin vorbei, die bei ihren ehemaligen Schülern herum-

gefragt und tatsächlich noch fünf Interessenten-Adressen bekommen hatte.
Kaum war ich daheim, kam auch Mario angesaust. Wir stürmten in die Küche, in der es klirrte und klimperte. Mit hochrotem Gesicht beugte sich Mutti über den Herd.
«Mutti!», rief Mario. «Wir müssen unbedingt mit dir sprechen. Wir haben –»
«Jetzt nicht!», rief sie in einer Wolke von Dampf.
«Es muss aber noch heute sein!», sagte Mario aufgeregt.
«Es riecht hier so verbrannt», sagte ich.
«Großer Gott», kreischte Mutti, beugte sich zum Backherd hinunter und riss ihn auf. «Oh nein – die schönen Zimtsterne! Alle zum Teufel!»
Sie zog das Backblech heraus und kippte die dampfenden Plätzchen in den Abfalleimer.
«Was steht ihr da noch rum?», fauchte sie Mario und mich an. «Ihr seht doch, dass Warten zwecklos ist. Heute Abend. Wenn ich zum Atemholen komme.»
Mario fand kaum Zeit, mir einen bekümmerten Blick zuzuwerfen, denn schon hielt ihm Mutti den vollen Eimer mit dem Kompostabfall entgegen. Während er ihn in den Garten hinaustrug, bekam ich eine Schüssel voll roher Kartoffeln und einen Schäler in die Hand gedrückt. Ganz benommen begann ich zu schälen. Vor

meinen Augen kreisten schwarze Löcher.
«Dünner!», schnauzte Mutti und hielt mir eine Kartoffelschale vor die Augen, die mehr als einen halben Zentimeter dick war.
Zum Essen erschien Vati im Pyjama. Ich starrte ihn erschrocken an. So kam Vati nie zum Essen, und schon gar nicht mittags – außer wenn er krank war.
Mutti kam mit der Suppenterrine aus der Küche, sah ihn, holte tief Luft und fragte ganz, ganz ruhig: «Bist du krank?»
Dann stellte sie die Terrine hin und setzte sich.
«Kann sein», sagte er müde und starrte in seinen Teller.
Da brüllte sie ihn an, dass wir vor Schreck zusammenfuhren: «Du machst es dir verdammt leicht, Jochen! Du lässt dich hängen, und wir können sehen, wie wir klarkommen!»
Eine Weile war es ganz still im Wohnzimmer – so still, dass man die Uhr in der Küche ticken hören konnte. Starr saßen wir und wagten uns nicht zu rühren. Bis Vati nach seinem Löffel griff und ruhig zu essen begann.
«Nicht mal den Weihnachtsbaum hast du besorgt», sagte Mutti, nun wieder ganz ruhig.
«Ja, Doris», sagte Vati, ebenso ruhig.
Er löffelte weiter, bis der Teller leer war. Dann stand er auf.

«Es gibt ja noch was, Vati», sagte ich leise. «Das war doch erst die Suppe.»
«Gib mir Geld für den Baum, Doris», sagte Vati. «Ich geh einen holen.»
«Das hat sich erledigt», antwortete Mutti mit Kälte in der Stimme. «Die Kinder haben schon einen geholt. Du kannst dich wieder hinlegen.»
Da verließ Vati das Wohnzimmer und tappte mit schweren Schritten die Treppe hinauf. Wir anderen aßen ohne ihn weiter. Aber wir aßen nicht viel. Es schmeckte uns nicht.
«Er tut mir so leid!», flüsterte ich.
«Ach Elin», sagte Mutti voller Traurigkeit, «glaubst du, mir nicht? Aber kannst du nicht auch mich verstehen? Es musste einfach mal raus – der ganze Frust!»
Ja, ich konnte auch sie verstehen. Ich streichelte Muttis rote, krause Mähne und fühlte mich dabei so, als ob an mir gezerrt würde, in zwei verschiedene Richtungen, um mich zu zerreißen.
Und Mario saß kerzengerade auf dem Stuhl, runzelte die Stirn unter seinem schwarzen Haarschopf und starrte auf eine Nudel, die in seinem Teller zurückgeblieben war.

«Ich brauche jetzt eine Portion frische Luft», sagte Mutti. «Kommt ihr mit? Wir lassen einfach mal alles stehen und machen die Küche fertig, wenn wir wiederkommen.»

Mario konnte nicht, er musste noch einen Hund ausführen. Ich aber war mit den beiden Pinschern schon am Vormittag unterwegs gewesen. Deshalb war ich bereit, Mutti zu begleiten. Mario verließ mit uns zusammen das Haus. Daheim blieb nur Vati.

«Sag nichts davon», flüsterte mir Mario zu. «Wir sprechen heute Abend mit ihr. Ich will unbedingt dabei sein!»

Ich nickte. Klar doch. Was sonst? Er konnte sich auf mich verlassen.

Er begleitete Mutti und mich noch bis an die nächste Ecke, dann bog er ab.

Es war ein weißblauer Tag, voller Sonne und Schnee. Der glitzerte, und der Himmel war nach langer Zeit wieder einmal so grellblau, dass man kaum in ihn hineinschauen konnte.

Wir gingen zum Flussufer. Das war unser üblicher Spazierweg.

Mutti blieb unterwegs ein paar Mal stehen und atmete mit erhobenen Armen tief ein.

«Tut das gut!», stöhnte sie wohlig – und so laut, dass sich ein paar Passanten nach ihr umdrehten. Am Uferweg waren wir ganz allein. Nur weit in der Ferne führte ein alter Mann seinen Hund aus. Wer hatte denn auch einen Tag vor Weihnachten Zeit zum Spazierengehen? Da gab's doch für alle nur Hektik.

Mutti hatte sich die Zeit genommen – «ohne Rücksicht auf Verluste», wie Opi Willi immer gesagt hatte. So mochte ich Mutti. Bei ihr musste man immer mit Überraschungen rechnen.

Wir standen auf der Uferböschung und sahen den Eisschollen zu, die über dem schwarzen Wasser dahintrieben.

«Unheimlich da unten», sagte ich, zeigte mit dem Kinn auf das Wasser und schüttelte mich.

«Schau hinauf ins Helle», sagte Mutti und warf ihre rote Mähne zurück. «Das tut gut. Da kriegt man Mut.»

«Das reimt sich ja», sagte ich.

«Nicht nur das», sagte Mutti. «Man kann's auch singen!»

Sie schmetterte die zwei Zeilen aus voller Brust mit einer Melodie, die sie gerade selbst erfand. Die war ein Ohrwurm. Ich hatte sie sofort im Gehör und sang sie mit. Mutti übernahm die zweite Stimme. Der Mann mit dem Hund kam näher und schaute verwundert. Aber wir ließen uns nicht stören. Wir waren so richtig ausgelassen, ganz locker, fast albern. Wir wanderten immer weiter am Ufer entlang und bewarfen einander mit Schnee. Ein Schneeball von mir zerstäubte in Muttis rotem Haar. Das sah echt gut aus, und Mutti lachte schallend mit ihrem schönen großen Mund. Schon lange hatte ich sie nicht mehr so lachen sehen.

Der Himmel begann sich zu bewölken, aber noch schien die Sonne. Muttis Haar leuchtete weithin.

«Wir hätten Vati mitnehmen sollen», sagte ich.

Mutti wurde ernst. «So, wie es jetzt um ihn steht», sagte sie, «wäre er nicht mitgegangen. Er verkriecht sich lieber in sein Schneckenhaus.»

Sie seufzte.

Über der Stadt zog eine Wolkenfront heran. Bald würde sie die Sonne schlucken. Ich musste immerzu hinstarren.

«Ich hätte ihn heute nicht so anbrüllen dürfen», sagte Mutti traurig. «Mir ist da auch eine Sicherung durchgebrannt. Ich weiß mir eben keinen Rat mehr mit ihm. Und nicht nur mit ihm. Ich darf gar nicht an die Zukunft denken. Ich komme mir vor wie in einem Boot auf hoher See. Immer nur damit beschäftigt, den Kahn über die nächste Woge zu kriegen, ohne dass er kentert.»

«Aber du hast doch Mario und mich», sagte ich und dachte an die vielen Adressen. Es würden über zweihundert sein! Ach, wenn ich doch darüber hätte reden dürfen! Die Rettung war ja so nahe, so ganz, ganz nahe!

«Dass ich das vergessen konnte!», sagte Mutti und legte ihren Arm um mich.
Die Sonne verschwand, es begann zu wehen. Wir verließen das Flussufer und gingen über einen anderen Weg heimwärts, Arm in Arm, aber zum Singen hatten wir keine Lust mehr.
«Ich weiß nicht mehr, wie ich Vati aus dieser Niedergeschlagenheit rauskriege», seufzte Mutti. «Kein Mittel greift!»
Mir war so weh zumute. Wie gern hätte ich Mutti aufgemuntert. Ich wusste ja ein Mittel! Ein Mittel, das auch bei Vati greifen würde! Das Hoffnungspaket!

Als wir zu Hause ankamen, begann es schon zu dämmern. Mario war noch nicht daheim. Mutti wunderte sich. Ich dachte: kein Wunder. Er ist sicher noch nach Adressen unterwegs.
«Ich werde Vati sagen, dass es mir Leid tut, das von heute Mittag», flüsterte Mutti und ging die Treppe hinauf.
Gleich darauf hörte ich, wie sie «Jochen?» sagte. Dann noch einmal, viel lauter und voller Angst: «Jochen?»
Sie kam die Treppe heruntergehastet. «Vati ist nicht im Schlafzimmer», rief sie, «und die Tür steht weit auf! Geh in den Keller, vielleicht ist er dort. Oder in der Garage –!»

Ich rannte. Aber er war nirgends. Mein Ruf: «Vati, wo bist du?» verhallte. Im Flur traf ich wieder mit Mutti zusammen. Die packte meine Schultern so fest, dass sie mir weh tat.

«Wir müssen ihn suchen!», sagte sie. «Wer weiß –»

Wir rannten beide aus dem Haus. «Weit kann er noch nicht sein», rief Mutti. «Unter seiner Steppdecke ist es noch ein bisschen warm!»

Auf der Straße trennten wir uns: Mutti lief nach links, ich nach rechts.

«Ich lauf zum Fluss!», rief ich Mutti nach.

«Unsinn!», rief Mutti zurück. «Dort hätten wir ihn doch gesehen!» Sie rief noch etwas, aber das konnte ich nicht mehr verstehen.

An der nächsten Ecke kam mir Mario entgegen. «Es sind über zweihundert!», rief er mir freudestrahlend entgegen. «Ich hab gerade noch hier herum ein bisschen gefragt …»

«Vati ist fort!», keuchte ich. «Wir müssen ihn suchen –»

Wir rannten auf kürzestem Weg zum Ufer. Inzwischen dämmerte es schon stark. Düstere Wolken zogen über den Fluss. Man konnte nur noch Umrisse erkennen, und alles war grau, dunkelgrau oder schwarz.

«Warum glaubst du, dass er hier ist?», schnaufte Mario, als wir nebeneinander auf dem alten Treidelpfad entlangliefen.

«Vati mag den Fluss», antwortete ich. «Und er wollte sicher allein sein. Hier auf dem Uferweg ist um diese Zeit niemand.»
Ich dachte an den Spaziergang mit Vati im Sommer am Fluss entlang. Ich konnte mich noch gut daran erinnern. An die federleichten Wölkchen, das leise Rauschen des Flusses. An die Stelle, wo wir stehengeblieben waren und Vati auf das Wasser hinuntergeschaut und von dem Schwarzen gesprochen hatte, das in ihm wühle. Und dass es schön sein müsse, sich einfach so treiben zu lassen …
Hatte er sich nicht in den letzten Wochen schon treiben lassen?
«Wir haben zu lange gewartet», hörte ich Mario sagen. «Wir hätten es ihm sagen sollen, auch als wir noch nicht einmal auf hundert waren. Da wär's nicht so weit gekommen.»
«Ja», sagte ich. «Hätten-wären-würden wir.»
«Wenn wir ihn finden, müssen wir's ihm gleich sagen.»
«Wenn er nicht schon zu weit –»
Ich hatte sagen wollen: «– abgetrieben ist». Weil er doch damals vom Sich-treiben-lassen geträumt hatte. Aber das sagte ich dann doch nicht. Denn Sich-auf-dem-Wasser-treiben-lassen ist was Wunderbares. Nur: Vati kann nicht schwimmen. Das weiß Mario. Er hat eine gute

Spürnase. Schon der halbe Satz brachte ihn auf eine Spur.

«Was meinst du damit?», fragte er erstaunt. Und dann, erschrocken: «Du meinst doch nicht etwa –»

Ich gab keine Antwort, spähte nur in die tiefe Dämmerung hinein. Dort vorn, ganz unten auf der Böschung, fast schon im Wasser, war etwas! Ein Pfahl? Dazu war es zu breit. Ein Baumstrunk? Ich ging schneller.

Auch Mario sah es jetzt. «Dort ist jemand», flüsterte er und zögerte.

Aber ich rannte los. Ich rannte auf den Menschen zu, erkannte ihn, rutschte die vereiste Böschung hinunter. Um ein Haar wäre ich im Wasser gelandet.

«Vati!»

Er sah sich um, erkannte mich, fing mich auf.

«Ach Vati», schluchzte ich und umklammerte ihn. Und da kam auch schon Mario an und umarmte ihn stürmisch.

«Gut, dass ihr kommt», sagte Vati und schnäuzte sich.

Gemeinsam zogen wir ihn die Böschung hinauf. Oben auf dem Uferweg nahmen wir ihn in die Mitte, und er legte seine Arme um unsere Schultern. Ich ging auf seiner linken Seite und umklammerte seine Hand, bis sie warm wurde.

Nur schnell heim, schnell heim!
«Vati», sagte Mario zärtlich, «ich muss dir was ganz Schönes erzählen –»
«Wir!», unterbrach ich ihn. «Wir beide!»
«Wartet damit, bis wir zu Hause sind», sagte Vati. «Ich kann jetzt nicht denken. Nur fühlen.»
Unterwegs kam uns Mutti entgegen. Sie hatte den Weg abgekürzt, rannte quer durch den Schnee und fiel mit einem «Gott sei Dank!» Vati um den Hals. Dann schob sie mich beiseite und hakte sich bei Vati ein. Der nahm seinen Arm von Marios Schulter. Eng umschlungen wanderten Vati und Mutti weiter.
«Als ob wir gar nicht da wären!», flüsterte Mario empört.
Wir trotteten hinter ihnen her. Der Schnee knirschte, aber uns war ganz warm.
«Sie werden sich schon wieder an uns erinnern», sagte ich und ging ein bisschen schneller, um mitzukriegen, worüber Vati und Mutti sprachen. Aber sie waren ganz still.

13

Seitdem sind knapp eineinhalb Jahre vergangen. Vor kurzem haben wir Marios dreizehnten Geburtstag gefeiert.
Zwar wohnen wir noch in unserem Haus und haben noch unseren Garten. Aber seit wir Vati vom Fluss heimholten, hat sich viel bei uns geändert.
Unser VW-Bus ist nicht mehr dunkelblau, sondern knallrot. Auf beiden Seiten und auch hintendrauf steht ganz groß:
MÜLLERS KINDERPARTY-SERVICE.
Ja, Mutti und Vati betreiben seit einem guten Jahr so einen Service: Sie organisieren und gestalten Kindergeburtstage, Kinderkarnevalsfeiern, Kinderfeste jeder Art. Aber sie machen auch gemischte Kinder-Erwachsene-Partys. Zum Beispiel haben sie den fünfundsiebzigsten Geburtstag eines Großvaters mit seinen Kindern und Enkeln ausgerichtet. Und in mehreren Seniorenheimen haben sie Kinderfeste veranstaltet.
Die Idee hatte bei Vati und Mutti wirklich gezündet und hatte sich als machbar erwiesen. Allerdings tauchte ganz am Anfang ein Problem

auf, das wir nicht ins Auge gefasst hatten: die Werbekosten! Um so einen Service in Schwung zu bringen, musste ja erst kräftig für ihn geworben werden. Werbung kostet eine Menge!
«Das werden wir schon in den Griff kriegen», meinte Vati.
Er ließ sich jetzt nicht mehr treiben. Er war ganz da und aktiv und voller Hoffnung. Fast jeden Abend saßen die Eltern im Wohnzimmer beisammen und durchdachten Ideen, setzten Texte auf und rechneten. Wir saßen oft auch mit dabei und machten mit.
Es zeigte sich, dass die Werbung nicht unbedingt teuer sein musste. Denn da waren ja die zweihundertsieben Adressen von Leuten, die an einem solchen Service interessiert waren. Natürlich würden längst nicht alle von ihnen wirklich einen Auftrag geben. Aber es war ein Anfang, der die Werbekosten verringerte.
Mutti schrieb alles Nötige auf einen Handzettel, den Vati in einem billigen Copyshop tausendmal kopierte. Diese roten Zettel mit Adresse, Telefon und Faxnummer trugen wir nicht nur an die zweihundertsieben Interessenten aus, wir klemmten sie auch hinter Scheibenwischer, drückten sie Passanten in der Fußgängerzone in die Hand, warfen sie in Briefkästen.
Und in den Wochenendausgaben der Zeitung

stand dreimal nacheinander eine Anzeige, die etwa die Größe eines Seifenstücks hatte. Seitdem steht nur noch eine Mini-Anzeige unter den Alleinunterhaltern.

Ja, das Unternehmen lief erst sehr schleppend an. Zum Verzweifeln langsam! Die Eltern verloren fast den Mut. Es gab Wochen mit nur einer oder zwei Partys. Außerdem brauchte Vati so lange, bis er sich zum Zaubern entschließen konnte. Eine weitere Zeit verging, bis er ein paar Zauber-Gags, die das Publikum beeindruckten, wirklich gut draufhatte. Inzwischen sind sie neben dem Kasperlespiel und Muttis Liedern «Marke Eigenproduktion» die Knüller im Programm!

Zu Muttis Liedern: Sie saß viele Abende mit der Gitarre im Wohnzimmer oder im Keller und übte Songs ein, die sich für Kinderpartys eignen. Die also schnell ins Gehör gehen, sich auch tanzen lassen und Spaß machen. Und solche Lieder, zu denen man weitere Strophen dichten kann.

So übt sie auch jetzt noch oft. Viele Eltern wünschen sich ein Lied auf das Geburtstagskind. Den Text dazu muss sich Mutti ausdenken. Ihr raucht manchmal der Kopf vom vielen Reimen.

«Was reimt sich bloß auf Alexander?», kann man sie stöhnen hören. Das hören alle im Haus, auch die Süßwurzel.

«Expander!», ruft Mario aus seinem Zimmer.
«Salamander!», rufe ich.
«Durcheinander, umeinander, aneinander», grunzt Vati hinter seinem Schreibtisch.
Oben geht eine Tür auf, und die Süßwurzel ruft herunter: «Palisander! Zander! Mäander!»
Mutti ruft zurück: «Oh – vielen Dank!» Aber sie knurrt in die Gitarre: «Welches Kind weiß denn schon, was ein Zander ist? Und ein Mäander?» Dann sagt sie zu Vati hinüber: «Durcheinander – das ist es!» Und Vati schaut auf und kneift ein Auge zu.
Unter vier Veranstaltungen vergeht kaum noch eine Woche. Ab und zu wird's sogar eng: Es sind schon Wochen mit acht «Einsätzen» vorgekommen! Vati spricht immer von «Einsatz». Darüber macht sich Mutti lustig. Das klingt so militärisch, sagt sie. Mindestens aber hört sich's nach Feuerwehr an.
MÜLLERS KINDERPARTY-SERVICE spricht sich herum. Man merkt's an der Zahl der Anfragen und Aufträge. So wie's aussieht, war das wirklich eine echte Marktlücke.
Unser Service ist aber auch ein ganz besonderer: Die Mütter – manchmal sind es auch die Väter – können sich, je nach Geschmack und Geldbeutel, verschiedene Nummern aus dem Programmangebot, das Vati ihnen vorlegt, aussuchen. Und fast

jede Mutter und jeder Vater hat noch irgendeinen Sonderwunsch. Deshalb ist das Programm so unterschiedlich. Jede Party fällt anders aus.

Mutti schnuppert ständig nach neuen Ideen herum, und auch Vati hat schon so einen Riecher entwickelt. Übrigens bereitet er – im Gegensatz zu Mutti, die ihre Lieder einübt, bis sie sie im Schlaf singen könnte – seine Kasperletheaterstücke nie vor. Er lässt sie laufen, wie es sich ergibt. Das hängt von den Zuschauern ab: Die Kinder mischen sich ein, geben Anweisungen. Vati geht darauf ein. Und fast immer kriegt er sein Stück so hin, als sei es von ihm so und nicht anders geplant gewesen.

Zum Schluss der Vorstellung sagt er immer: «Sagt's weiter, wenn's euch gefallen hat ...»

Das tun die Kinder. Die machen die beste Werbung!

Die Hauptarbeit macht Vati: die Annahme der Aufträge (er hat einen Teil seiner Hobbywerkstatt abgetrennt und darin ein kleines Büro eingerichtet), die Besprechung mit den Kunden, die Programmgestaltung, den Papierkrieg. Ach, der Papierkrieg! Wie viele Anträge hat Vati schreiben müssen, wie viele Formulare hat er ausgefüllt! Und dann die Steuererklärungen und die Buchhaltung! Das ist, weiß Gott, ein Full-Time-Job! Abends ist er oft ganz kaputt.

Mutti hält sich aus den Vor- und Nachbereitungen raus. Sie fährt nur auf die Partys mit, hilft Vati beim Kasperletheaterspiel und beim Zaubern, singt ihre Lieder und übernimmt manche Gesellschaftsspiele, damit Vati, während die Party weitergeht, etwas Neues vorbereiten und das nicht mehr benötigte Zeug schon in den Bus packen kann.
Es ist eine Freude, wie gut Vati wieder drauf ist. Obwohl das Party-Service-Leben viel mehr Nerven kostet als ein Buchhalterleben: Da bestellt jemand den Service von einem Tag auf den anderen, jemand anderer sagt plötzlich ab, ein dritter bezahlt die Rechnung nicht und muss erst gemahnt werden, und wenn Mutti die Grippe kriegt oder der Bus für ein paar Tage in die Werkstatt muß, gerät der ganze Betrieb ins Wanken. Angelas Mutter ist eingesprungen, als Mutti im Bett lag. Und Natalies Mutter hat das ganze Party-Zeug in ihrem Caravan hin- und wieder zurücktransportiert, als unser Bus in der Werkstatt überholt werden musste, weil er sonst nicht durch den TÜV gekommen wäre.
Irgendwie hat's also immer geklappt. Bisher.
Und mit jedem Monat wird unser Service bekannter und beliebter. Sogar in der Zeitung wurde er schon vorgestellt und gelobt.
Allerdings hatten Mario und ich geglaubt, dass

man mit dem Service so viel verdienen kann, dass es für uns vier zum Leben und außerdem noch für die Rückzahlungsraten reicht.

Darin haben wir uns geirrt. Mutti muss nach wie vor dazuverdienen: Sie betreut immer noch zwei Alte. Der Nette ist inzwischen gestorben. Aber den Herrn Petzold, den mit dem Gebiss im Papierkorb, den hat sie noch, dazu eine alte Dame, die – außer für die Einkäufe – nur jemanden fürs Klönen braucht. Bei beiden ist sie vormittags.

An zwei Abenden hatte sie bis vor einem halben Jahr ihre Volkshochschulkurse. Dann hatte sie plötzlich Glück: Eine von den Partys fand im Seniorenheim statt, das gar nicht weit von uns entfernt ist. Auf der Suche nach einem passenden Tisch für die Kasperletheater-Klappbühne wurde Mutti von einer Altenpflegerin in einen großen Kellerraum geführt, der früher mal als Gymnastikraum genutzt worden war. Mutti staunte: Sogar ein paar Geräte für Krankengymnastik standen da herum! Früher hatte das Heim nämlich eine eigene Krankengymnastin gehabt. Denn es hat über zweihundert Bewohner.

Mutti hatte sofort Ideen. Die hat sie der Heimleiterin angeboten. Und nun macht Mutti fünfmal wöchentlich von acht bis halb neun Morgengymnastik in diesem Kellerraum für alle

Heimbewohner, die Lust zum Mitmachen haben. Und dreimal wöchentlich bietet sie eine Abendbeschäftigung an: Basteln, Vorlesen, Malen, Singen. Die Bezahlung steigt und fällt, je nachdem, wie viele mitmachen. Da läppert sich schon was zusammen, und Mutti macht's Spaß. Den Alten auch. Die Volkshochschulkurse hat sie abgegeben.
Mit den Abzahlungsraten, das kriegen die Eltern nun hin. Aber es darf keine größere Ausgabe dazukommen.
Eigentlich müsste Mutti dringend ein eigenes kleines Auto haben. Sie ist ja dauernd auf Achse. Noch macht sie die Wege ins Seniorenheim zu Fuß. Aber zur Betreuung der beiden Alten muss sie den Bus nehmen. Da kommt Vati manchmal in Schwierigkeiten, weil er ihn – zum Beispiel für eine Besprechung mit Kunden – auch braucht. Aber ein Auto ist vorerst noch nicht drin. Auch kein winziges gebrauchtes.
Und auch wir beide, Mario und ich, führen weiter Hunde aus, denn Mutti kann uns nur ein kleines Taschengeld geben. Das reicht nicht.
Die Miete, die mein Zimmer bringt, gehört zum Etat. Aber die Eltern haben mir fest zugesagt: «Wenn wir mal nicht mehr so sparen müssen, wird zu allererst auf diese Miete verzichtet, damit du dein Zimmer wiederbekommst, Elin.»

Diese Hoffnung hab ich bereits aufgegeben. Ich hab mich deshalb rechtzeitig an die Dachbodenbude gewöhnt.

Aber es ist ja noch nicht einmal sicher, ob wir Haus und Garten werden retten können, auch wenn's im Augenblick so aussieht. Mutti kann ihren Seniorenheim-Job verlieren. Oder die beiden Alten sterben, und sie findet keine anderen. Oder sie wird krank. Oder der Kinderparty-Service läuft nicht mehr rentabel, weil sich ihn nur noch wenige leisten können. Oder Vati wird krank. Sogar, wenn der Bus ausfiele, gerieten wir in eine ernste Krise.

Nichts ist sicher. Nie. Das haben manche nur vergessen gehabt, als es ihnen so gut ging. Und Mario und ich, wir haben's nicht gewusst. Niemand hat es uns gesagt. Ich hab nur was davon geahnt, als Mario den Gedanken mit dem Wassertropfen hatte und ich dann durch das Weltall kreiselte.

Deshalb hab ich damals so gefroren.

Aber an jenem Abend am Fluss, als wir Vati fanden und dann mit ihm heimgingen, da haben wir was gelernt: Auch wenn wir das Haus doch aufgeben müssten; auch wenn wir in ziemlich abgenutzten, ja vielleicht sogar unmodischen Kleidern herumlaufen müssten: Das Wichtigste ist, dass Vati und Mutti und Mario und ich zusammenbleiben und uns nicht unterkriegen lassen.

Ja, im vergangenen Jahr hat sich einiges bei uns geändert. Vati hat nicht mehr so viel Zeit für uns wie früher, als er noch Buchhalter war. Aber wir haben mehr Zeit für ihn. Wir sammeln Ideen und begleiten ihn manchmal auf die Partys und helfen ihm dort. Und wir nehmen ihm manche Arbeit im Haus oder im Garten ab, damit er sich auch mal eine Weile mit Mutti unter die Trauerweide setzen kann. Er sagt, wir seien jetzt schon ernst zu nehmende Team-Mitglieder. Er schnarcht wieder – und wie!
Und Mutti? Früher trug sie ihr Haar nur auf zwei Arten: entweder offen oder im Nacken zusammengebunden, je nachdem, ob sie gerade durch die Stadt schlenderte oder mit den Patienten in der Kurklinik turnte.
Jetzt trägt sie atemberaubende Frisuren: mal einen Pferdeschwanz, mal einen Nackenzopf. Manchmal steckt sie die Mähne hoch oder rollt sie zu einem Dutt. Auch die Windstoßfrisur hat Pfiff, die sie sich manchmal kämmt, wenn sie ins Seniorenheim geht – oder zu Angelas Mutter oder Momos Mutter.
Am liebsten mag ich die Frisur an ihr, die dann entsteht, wenn sie ihr Haar oben auf dem Kopf

zusammenbindet und nach allen Seiten auseinander fallen lässt. Richtig «provokant» sehe das aus, meint Vati. Er ist überzeugt, daß man sie mit diesem «roten Helmbusch» nie in der Kurklinik mit den Patienten hätte turnen lassen.
Es macht ihr gar nichts aus, dass diese Frisur wahrscheinlich einmalig in unserer Stadt ist und dass ihr die Leute nachgaffen.
«Mal was andres», sagt sie.
Ich hab auch einen Spiegel hier oben, sogar einen ziemlich großen. Den hab ich mir aus dem Sperrmüll an Land gezogen. Vor diesem Spiegel probiere ich manchmal Muttis Frisuren aus. Aber nur heimlich, außer im Karneval. Da war ich mit der Helmbusch-Frisur auf der Straße, und Vati grinste: «Der Apfel fällt nicht weit vom Baum.»
Übrigens: Ich hab jetzt Busen. Und Marios Stimme kippt. Und Vati – Vati trägt, seit er der Chef des Kinderparty-Betriebs ist, einen Schnauzbart – und was für einen!
Mutti ist davon nicht entzückt. Sie sagt, er stört. Aber ich mag ihn sehr, den Schnauzbart!
Die ganze Familie ist also wie neu. Ich auch.
Ja, noch immer finde ich, dass Vati einer der nettesten Männer ist, die ich kenne. Aber dass mein zukünftiger Mann unbedingt auch so rötliche Haare und solche Sommersprossen haben muss wie er, finde ich nicht mehr nötig.

Ich muss jetzt aufhören mit dem Nachdenken und Erinnern und Träumen, denn gleich kommt Ismail. Er ist in letzter Zeit mehr mit mir zusammen als mit Mario. Es hat sich einfach so ergeben. Ich kann ihn jetzt besser leiden als damals. Vielleicht, weil auch er sich im letzten Jahr geändert hat. Er beachtet mich mehr. Wir führen oft lange Gespräche.
Seine Locken mag ich sehr. Und seine braunen Augen. Und zaubern kann er auch. Das hat ihm Vati beigebracht. Ismail hat gesagt, wenn er keine Arbeit findet als Programmierer – das ist sein Traumberuf! –, will er Zauberer werden. Hauptberuflich und international, also durch die ganze Welt reisen. Er hat gesagt, wir könnten uns dann ja zusammentun, und ich könnte ihm immer die Sachen reichen, zum Beispiel den Zauberstab oder den Zylinder mit dem Hasen drin.
Aber ich weiß nicht so recht, ob mir das gefallen würde. Fremde Länder sehen, das ja. Und wie! Aber immer nur Zylinder und Zauberstab reichen und auf den Applaus kein Anrecht haben, das wär mir zu öde.
Dahin wird's ja auch kaum kommen. Ismail ist im Computern schon jetzt so gut, dass er bestimmt einen Job als Programmierer kriegen wird. Und er ist ein so guter Kumpel und so hilfsbereit und so witzig.

Er hat mir auch gezeigt, wie man küsst. Da hab ich mich gewundert. Was soll denn da dran so schön sein?

Also ehrlich: Ismail gefällt mir gut. Aber er hat einen Nachteil: Er lacht so anders als Vati.

Vatis leises, verschmitztes, ein bisschen verlegenes Lächeln und das Kneif-Auge mit den Lachfältchen, das möchte ich mein Leben lang in meiner Nähe haben.

Auf Internet

Aktuelle Informationen,
Dokumente über Autorinnen und Autoren,
Materialien zu Büchern.
Besuchen Sie uns:
http://www.klik.ch/Firmen/naki.html

© 1998 Verlag Nagel & Kimche AG, Zürich/Frauenfeld
Alle Rechte der Verbreitung, auch durch Film, Funk und Fernsehen,
fotomechanische Wiedergabe, Tonträger, elektronische Datenträger und
auszugsweisen Nachdruck, sind vorbehalten
Gesetzt in Garamond und Frutiger
Umschlag: Carsten Märtin
Lektorat und Herstellung: Birgit Lockheimer
ISBN 3-312-00818-2